O pequeno fantasma

Otfried Preussler

O pequeno fantasma

Ilustrações de F. J. Tripp e Mathias Weber

Tradução
André Carone

martins fontes
selo martins

© 2015 Martins Editora Livraria Ltda., São Paulo, para a presente edição.
© 2013 by Thienemann in Thienemann-Esslinger Verlag GmbH, Stuttgart
Esta obra foi originalmente publicada em alemão sob o título
Das kleine Gespenst por Thienemann Verlag.

Publisher Evandro Mendonça Martins Fontes
Coordenação editorial Vanessa Faleck
Produção editorial Susana Leal
Revisão Julio de Mattos
Renata Sangeon

Dados Internacionais de Catalogação na Publicação (CIP)
(Câmara Brasileira do Livro, SP, Brasil)

Preussler, Otfried, 1925-2013.
O pequeno fantasma / Otfried Preussler ; ilustrações de F. J. Tripp e Mathias Weber; tradução André Carone. 2. ed. – São Paulo: Martins Fontes - selo Martins, 2015.
(Coleção infantis e juvenis)

Título original: Das Kleine Gespenst
ISBN 978-85-8063-241-5

1. Literatura infantojuvenil I. Tripp, F. J.. II. Título. III. Série.

15-06147   CDD-028.5

Índices para catálogo sistemático:
1. Literatura infantil 028.5
2. Literatura infantojuvenil 028.5

Todos os direitos desta edição reservados à
Martins Editora Livraria Ltda.
Av. Dr. Arnaldo, 2076
01255-000 São Paulo SP Brasil
Tel.: (11) 3116 0000
info@emartinsfontes.com.br
www.emartinsfontes.com.br

Um fantasminha noturno inofensivo	7
A história de Torstenson	12
Nem me fale em luz do dia	18
Tentativas fracassadas	24
Quase um milagre	31
Sombras e sol	34
Dentro do poço	39
Onde vai dar a passagem secreta?	44
O vulto misterioso passeia pela cidade	49
Enfeites	54
Cuidado, prefeito!	59
Pânico na prefeitura	65
Um lugar sossegado	69
Os suecos estão chegando!	73
A grande confusão	82
Arrependimento	87
Uma carta para o prefeito	91
Não se desespere	95

A coruja Uhu Chuhu dá uma pista	99
Boas notícias	104
Pode ir, fantasminha	109
O luar está de volta	113

Um fantasminha noturno inofensivo

O Pequeno Fantasma morava no castelo de Eulenstein havia muito, muito tempo. Ele era um fantasminha noturno inofensivo, que só assustava as pessoas quando era provocado.

Durante o dia ele dormia lá no sótão, dentro de um baú de carvalho muito pesado, escondido atrás de uma chaminé enorme. Na verdade, ninguém imaginava que aquele baú fosse de um fantasma.

Ao pé do castelo ficava uma cidadezinha chamada Eulenberg. À noite, quando o relógio da prefeitura de Eulenberg batia meia-noite, o Pequeno Fantasma acordava. Assim que soava a décima segunda badalada do relógio, o fantasminha abria os olhos e se espreguiçava. Depois remexia debaixo das cartas e documentos antigos que lhe serviam de travesseiro até encontrar um molho de treze chaves, que ele sempre levava para onde ia. Girava uma das chaves e imediatamente a tampa do baú se abria, com um estalo.

Então o fantasminha saía lá de dentro, sempre dando com a cabeça em alguma teia de aranha, pois aquele canto do sótão era coberto de poeira e fazia muito tempo que ninguém colocava os pés ali. Até as teias de aranha eram empoeiradas. Bastava encostar numa delas para cair uma chuva de pó.

– Atchim!

Por causa do pó, toda vez que saía do baú o fantasminha dava um espirro. Depois se sacudia um pouco para acabar de acordar e saía voando de trás da chaminé, iniciando seu passeio noturno.

Como todos os fantasmas, esse também não tinha peso. Era vaporoso e leve como neblina. Ainda bem que nunca saía sem levar o molho de treze chaves, pois qualquer ventinho, por mais fraco que fosse, seria suficiente para arrastá-lo sabe-se lá para onde.

Mas não era só por isso que o fantasminha vivia carregando o molho de chaves. Levando-o em seus passeios, todas as portas que apareciam na sua frente abriam-se imediatamente. Iam se abrindo sozinhas, quer estivessem trancadas a chave ou a cadeado, quer estivessem com o trinco fechado ou apenas encostadas. O mesmo acontecia com portões, baús e armários, cômodas e malas, gavetas, postigos e tocas de ratos. Bastava girar uma das chaves no ar que qualquer coisa se abria – e se fechava com um segundo giro.

O Pequeno Fantasma ficava muito satisfeito e às vezes pensava: "Sem esse molho de chaves a vida seria bem mais difícil...".

Quando o tempo não estava bom, ele passava quase todas as noites nos salões do museu do castelo, entre quadros e móveis antigos, canhões e lanças, espadas e espingardas de caça. Divertia-se usando seu molho de chaves para tirar e colocar de volta os capacetes dos soldados; rolava as balas de canhão pelos salões, fazendo um barulho infernal; e, quando tinha vontade, conversava um pouco com as senhoras e os senhores dos quadros de moldura dourada, na sala dos cavaleiros.

– Boa noite, amigo! – ele dizia, por exemplo, ao passar diante do retrato do conde Georg-Kasimir, que vivera havia aproximadamente quinhentos e cinquenta anos e era um homem muito grosseiro. – Você ainda se lembra daquela noite de outubro em que apostou com seus colegas que me pegaria e me jogaria pela janela? Devo confessar que sua aposta me deixou furioso! Por isso espero que tenha entendido por que o apavorei tanto. Mas não era razão para se jogar pela janela, ainda mais do terceiro andar! Ainda bem que você pousou suavemente no fosso cheio de lama. Convenhamos que poderia ter sido muito pior...

Ou então ele se inclinava diante do quadro da magnífica condessa do castelo imperial, Genoveva Elisabeth Barbara, a quem ele ajudara quatrocentos anos antes a recuperar seu precioso brinco de ouro, que uma pega havia roubado do peitoril da janela.

Às vezes também parava diante do cavalheiro mais fascinante daquele salão. Era um homem de cavanhaque ruivo e um amplo colarinho que se sobrepunha ao colete de couro: tratava-se do temido general sueco Torsten Torstenson. Quinhentos anos atrás ele cercara o castelo de Eulenstein. No entanto, depois de alguns dias, certa manhã levantara o cerco, retirando-se com seus homens, sem mais nem menos.

– Qual é, general? – dizia o fantasminha, ao observar o retrato de Torstenson. – Parece que até hoje vários sábios quebram a cabeça tentando descobrir o que o levou àquela atitude tão precipitada... Mas não se preocupe, estou guardando bem o seu segredo. No máximo, posso contá-lo para Uhu Chuhu, que adora essas histórias. Espero que o senhor não se importe.

Quando o tempo melhorava um pouco, o fantasminha saía para o ar livre. Como era bom o aroma da noite fresca, como ele respirava bem debaixo daquele céu imenso! Saltando de uma ameia para outra, ele percorria as muralhas prateadas do castelo, que brilhavam sob os raios do luar, brancos como a neve. Não podia haver coisa mais linda! O fantasminha sentia-se tão feliz, que não conseguia deixar de cantarolar:

– Hi-hi-hiiii! Em Eulenstein as noites de luar são mais lindas do que em outro lugar! Hi-hi-hiiii!

Às vezes o fantasminha brincava com os morcegos, que à noite saíam de seus esconderijos e voavam em torno das torres do castelo; outras vezes ficava espiando os ratos e as ratazanas que se esgueiravam pelo respiradouro; outras vezes ainda, acompanhava o concerto dos gatos ou então divertia-se segurando entre as mãos alguma mariposa estonteada.

Mas o programa predileto do fantasminha era visitar a coruja Uhu Chuhu, sua velha amiga. Ela morava fora dos muros do castelo, no oco de um carvalho, pertinho de uma cachoeira que despencava até o rio. Uhu ficava muito contente com as visitas do fantasminha. Ela também dormia durante o dia e acordava por volta da meia-noite. Era uma coruja velha e sábia, e fazia questão de ser tratada com muito respeito. Exigia que todos a chamassem de senhora, até mesmo o fantasminha; mas isso não atrapalhava a amizade deles.

O fantasminha costumava sentar-se num galho, ao lado da coruja Uhu, onde eles passavam o tempo contando histórias. Eram histórias longas e curtas, antigas e recentes, histórias

que faziam rir, chorar ou pensar, conforme a ocasião.

Numa das visitas do fantasminha, a coruja disse:

– Se não me engano você ficou de me contar a história de um certo general sueco. Como era mesmo o nome dele? Borstenson?

– Torstenson – disse o fantasminha. – Torsten Torstenson.

– E o que foi que houve com ele?

– Ah, é uma história muito engraçada. Aconteceu há trezentos e vinte e quatro... ou melhor, há quase trezentos e vinte e cinco anos. Daqui a um mês, no dia vinte e sete de julho, vai fazer trezentos e vinte e cinco anos. Um belo dia, esse tal Torstenson chegou aqui com os seus suecos. Eram milhares de soldados e oficiais, trazendo canhões e cavalos. Montaram suas barracas em torno do castelo e da cidade, escavaram valas e trincheiras. E, naturalmente, armaram seus canhões e passaram a atacar o castelo e a cidadezinha.

– Imagino que não deva ter sido muito agradável – comentou a coruja Uhu.

– Agradável? – disse o fantasminha. – Pois foi um terror! Ouviam-se tiros e explosões durante o dia inteiro e grande parte da noite. Eu tenho o sono pesado, felizmente, e não é fácil me tirarem o sossego. Mas naquela vez foi insuportável, pode acreditar! A senhora não imagina como era infernal o barulho das explosões e das muralhas desmoronando, atingidas pelas balas! Aguentei tudo aquilo durante meia semana, depois não deu mais.

– Mas deu para fazer alguma coisa? – perguntou a coruja.

– Claro que deu! Resolvi enfrentar o tal Torstenson. Uma noite, fui até a barraca do general para intimá-lo a acabar com aquilo.

– Não havia ninguém vigiando a barraca?

– Ah, havia, sim! Um tenente com vinte homens, ou talvez vinte e cinco. Queriam impedir minha entrada e investiram contra mim com espadas e lanças. O tenente chegou a me dar um tiro de pistola. Mas, como a senhora sabe, espadas e lanças não me ferem e balas de canhão não me atingem: elas me atravessam como se passassem pela fumaça ou pela neblina. Nada impediu minha passagem, e eu entrei na barraca do general.

– O que fez ao entrar? – perguntou a coruja Uhu.
– Dei uma bronca no tal Torstenson. Furioso, andando de um lado para o outro, eu ergui os braços e falei, ameaçador: "Se você ama sua vida, acabe já com esse cerco, suma daqui com seus soldados e não volte nunca mais!".
– E o general?
– Ficou ali parado, descalço, com seu camisolão de botões, batendo os dentes de tanto pavor. Então ele se ajoelhou na minha frente e pediu clemência: "Poupe-me!", ele dizia, "poupe-me! Farei tudo o que você mandar!". Agarrei-o pelo colarinho, dei-lhe umas sacudidas e retruquei: "Espero que faça mesmo! Vá embora deste lugar amanhã cedo. E nem pense em voltar, entendeu? Nem pense em voltar!".
– Caramba! E ele obedeceu?
– Obedeceu. Na manhã seguinte, ele e seu exército se foram. Saíram todos correndo: cavalaria, artilharia, soldados e o general também.
– E Torstenson nunca mais voltou?
– Nunca mais – disse o fantasminha, dando uma risadinha.

A história do Pequeno Fantasma e do grande general sueco Torsten Torstenson havia terminado. Durante um bom tempo, a coruja e o fantasminha continuaram sentados no galho, suspirando e contemplando lá do alto o rio que cintilava ao luar, as torres e telhados da cidadezinha de Eulenberg, com seus cata-ventos e chaminés, suas escadas e sacadas. As luzes foram se apagando aqui e ali, uma depois da outra, e dava para contar as que continuavam acesas.

O fantasminha do castelo de Eulenstein suspirou fundo:

– É uma pena que eu só veja o rio e a cidade nas noites de luar, e nunca à luz do dia!

Uhu Chuhu encarou-o com ar de desprezo.

– Nem me fale em luz do dia – ela pediu. – Só de ouvir essas palavras já sinto dor nos olhos! Para mim, a luz da lua já é muito clara, mais do que isso eu não aguento!

– Eu sei – disse o fantasminha. – Mesmo assim, eu gostaria de ver o mundo durante o dia, nem que fosse uma vez! Só para ver a diferença. Acho que eu aprenderia muita coisa... E seria muito divertido...

– Ora – replicou a coruja, zangada –, como é que um Pequeno Fantasma tão inteligente pode querer uma coisa dessas? Pois ouça o que vou dizer, amiguinho: a luz do dia só me pegou uma vez fora de casa, e nunca mais quero passar por isso!

O fantasminha a escutou com atenção.

– Não faço ideia de como seja a luz do dia, senhora coruja Uhu. Conte-me como foi, vamos lá!

A coruja eriçou as penas, levantou as orelhas e ajeitou-se no galho. Não parecia estar com muita vontade de contar aquela história.

– Aconteceu quando eu ainda era jovem – começou ela. – Naquela época eu costumava dar longos passeios pelos arredores de Eulenstein, para caçar e para conhecer a região. Certa vez perdi a hora e, imagine só, de repente percebi que já estava amanhecendo! Ainda faltavam doze quilômetros para chegar a Eulenstein. Seria difícil voar tudo aquilo antes que o sol se levantasse. Voei com a maior velocidade possível, mas o sol foi mais rápido. Ele me alcançou na metade do caminho. Tive que fechar bem os olhos, pois aqueles raios luminosos me ofuscavam... Você faz ideia do que seja voar de olhos fechados?

– Posso até imaginar – disse o fantasminha.

– Não pode, não – respondeu Uhu. – Quem nunca passou por isso não faz ideia do que seja. Foi terrível, pode acreditar. Mas o pior ainda estava por acontecer!

Nesse momento a coruja Uhu fez uma pausa, primeiro para pigarrear, segundo para se acalmar. O fantasminha se remexia no galho, ansioso.

– O que foi que aconteceu? – ele perguntou.

– As gralhas apareceram – disse Uhu. – Primeiro, ouvi seu

grasnado. Era um bando enorme, trinta ou quarenta daquelas aves horrorosas. Elas me avistaram e perceberam que eu estava cega e perdida. Puseram-se todas a voar ao meu redor e a berrar, bem perto do meu ouvido, os piores palavrões que já ouvi na vida. E não foi só isso! Uma das gralhas, mais ousada, me deu uma bicada quando passou por mim. As outras perceberam que eu não conseguia me defender e também começaram a me bicar. Pensei que fosse morrer ali mesmo. Foi um terror, amiguinho, uma coisa horrível! Nem sei como consegui voltar para casa. Cheguei ao oco da minha árvore mais morta

do que viva. Consegui escapar do bando de gralhas, mas nem me pergunte como! Foi uma desgraça, meu caro!

Uhu bateu as asas de leve, como se quisesse espantar a lembrança daquela manhã tão triste. E ela disse, concluindo a história:

– Nesse dia, prometi a mim mesma que sempre teria o cuidado de me recolher bem antes do nascer do sol. Nós, criaturas noturnas, não suportamos a luz do dia. Você também não, meu amiguinho fantasma. Especialmente você!

O fantasminha tinha cada vez mais vontade de ver o mundo durante o dia, apesar das advertências da coruja Uhu.

"Acho que não vai me acontecer nada", ele pensava. "Em último caso, posso usar meu molho de chaves para me defender. Além do mais, sou invulnerável. O que pode acontecer?"

Esses pensamentos foram se tornando cada vez mais insistentes. Uma noite, no final de junho, o fantasminha acabou decidindo realizar seu desejo. Já sabia exatamente o que devia fazer:

"Basta eu não me deitar de madrugada. Preciso me manter acordado até o dia clarear, só isso."

Quando a madrugada avançava, o fantasminha sempre ficava morto de sono. Aquele dia, um pouco antes da uma hora, também começou a sentir uma vontade irresistível de bocejar. Sentia a cabeça e todo o corpo cada vez mais pesados. Sentou-se na tampa do baú, para se garantir, e disse para si mesmo:

– Não desista, fantasminha! Não desista agora!

Mas o que pode um fantasminha contra a sua própria natureza? Quando o relógio da prefeitura bateu uma da manhã, ele já estava tonto. Bastava fechar os olhos por um segundo para tudo começar a girar à sua volta. A chaminé, a lua por trás da janela, as teias de aranha e as vigas do telhado... tudo rodava, e o fantasminha já não sabia o que ficava em cima e o que ficava embaixo. Ele perdeu o equilíbrio, caiu dentro do baú e adormeceu.

O Pequeno Fantasma dormiu até meia-noite do dia seguinte. Ao acordar, ficou muito decepcionado e zangado. No entanto, não perdeu a esperança.

– Hoje vai dar certo – disse para si mesmo. – Vou tentar de novo.

Mas a segunda tentativa também não deu certo. Nem a terceira.

Na quarta noite, ele pensou: "Se pelo menos eu conseguisse arranjar um jeito!".

Aquela noite, o tempo estava ruim. A chuva estalava no telhado, o vento uivava na chaminé, a água escorria pelas calhas. Desanimado, o fantasminha resolveu ir até o museu do castelo. Georg-Kasimir e os outros condes e cavalheiros davam a impressão de olhá-lo com desdém, lá de seus quadros com molduras douradas, e o general Torstenson parecia estar prestes a cair na gargalhada.

– Só faltava vocês começarem a zombar de mim! – esbravejou o fantasminha.

Já ia virar as costas para ir embora, quando viu um relógio dourado dentro de uma vitrine: era o despertador de bolso que Torstenson havia esquecido na hora da fuga e que, depois de passar por muitas mãos, chegara ao museu. O fantasminha já tinha brincado com aquele relógio e sabia fazê-lo funcionar. Foi então que imaginou um novo plano.

– Espero que não se importe, meu caro Torstenson, em me emprestar seu despertador – ele disse, sorrindo. – Não se preocupe, sei lidar muito bem com ele...

O fantasminha girou no ar uma das chaves do seu molho, abriu a vitrine, tirou o relógio lá de dentro e correu de volta para o sótão. Entrou no baú, muito satisfeito, e pôs o despertador para tocar às nove horas da manhã. "Se eu deixar

o relógio bem perto da minha orelha", ele pensou, "com certeza vou conseguir acordar. É impossível que eu não ouça o despertador tocar!"

Mas, infelizmente, o fantasminha acabou perdendo a hora de novo. O despertador do general tocou às nove horas em ponto, só que ele não ouviu e continuou dormindo até meia-noite. Só acordou com a décima segunda badalada do relógio da prefeitura.

– Eu só queria entender como é que pode acontecer uma coisa dessas! – ele resmungou.

Tentou executar o plano do despertador mais uma vez, e mais outra, e nada. O fantasminha não acordava na hora certa de jeito nenhum.

Finalmente ele resolveu que no dia seguinte voltaria a colocar o relógio do general Torstenson na vitrine. E foi melhor, mesmo, pois os dois vigias do museu já tinham alertado para o sumiço da peça valiosa, provocando a maior confusão. A polícia tinha sido informada, e o investigador Holzinger chegara à seguinte conclusão:

– A peça foi roubada por gente que soube fazer muito bem o serviço. Só um ladrão profissional poderia abrir uma vitrine como esta sem deixar nenhuma pista!

E, de repente, lá estava o relógio de ouro no seu lugar, como se nunca tivesse saído dali. De manhã, os vigias quebraram a cabeça tentando entender como ele tinha aparecido de novo. Mas o fantasminha nem percebeu a confusão toda, pois estava muito preocupado com seu problema. Contou sua história para a coruja Uhu e pediu:

– A senhora pode me explicar por que o despertador do general não me acordou?

Uhu Chuhu fechou os olhos, como se precisasse pensar muito para responder à pergunta do fantasminha. A coruja sabia muito bem que para cada fantasma que existe na Terra há um relógio, e só ele determina a hora em que o fantasma dorme e acorda.

Teve vontade de responder: "É que seu relógio, amiguinho, é o relógio da prefeitura de Eulenberg. Saiba que ele é o único relógio que determina seu tempo. Mesmo quando você não ouve suas badaladas, elas continuam a comandá-lo. Você jamais conseguirá mudar isso, nem por sua vontade, nem pela força do relógio do general. Se algum dia você realmente precisar acordar numa hora diferente, isso só será possível se atrasar ou adiantar o relógio da prefeitura. Porém, eu não vou lhe contar nada. É melhor que descubra sozinho...".

Se quisesse, a coruja Uhu teria dado essa resposta ao fantasminha. Só que ela achou melhor não revelar o que sabia. Podia ser que o fantasminha resolvesse alterar as horas do relógio da prefeitura, e sabe-se lá o que acabaria acontecendo.

Não, era melhor não dizer nada ao Pequeno Fantasma. Por isso Uhu só respondeu, amigavelmente:

— Escute aqui, amiguinho, se eu fosse você me contentaria em aceitar que há certas coisas no mundo que não mudam nunca. E uma das coisas mais óbvias é que um fantasma noturno não pode passear durante o dia. Entenda isso e dê-se por satisfeito.

Quase um milagre

Nas noites que se seguiram, o fantasminha andava sempre triste e cabisbaixo. Depois de tudo o que tinha acontecido, ele já não acreditava que lhe fosse dado ver a luz do dia. Mas, como se sabe, muitas vezes os desejos se realizam quando menos se espera.

Já fazia uma semana que ele tinha conversado com a coruja Uhu. Mais uma vez o relógio da prefeitura bateu meia-noite, e o fantasminha acordou, como sempre, na décima segunda badalada. Esfregou os olhos e se espreguiçou, também como sempre. Depois saiu de dentro do baú, roçou a cabeça numa teia de aranha, espirrou – atchim! – e saiu de trás da chaminé tilintando suas chaves.

Só que, estranhamente, o sótão parecia diferente aquela noite! Tudo parecia mais claro, mais nítido. Os raios dourados da lua se infiltravam pelas frestas do telhado... raios dourados?

A luz do luar é prateada, às vezes meio azulada... mas dourada?

"Se não é a luz do luar", pensou o fantasminha, "então o que pode ser?"

Ele voou até a claraboia do sótão para dar uma olhada lá fora, mas recuou imediatamente e tapou os olhos com as mãos.

Aquela luz desconhecida era tão forte, que o fantasminha demorou muito para se acostumar. Com os olhos apertados, voltou a se aproximar devagarinho da claraboia. E ainda levou um bom tempo para abrir os olhos totalmente e conseguir enxergar direito.

– Ah! – ele exclamou, fascinado com o que estava vendo. Como o mundo estava claro! Como estava colorido!

Até então o Pequeno Fantasma sempre tinha achado que as árvores fossem pretas e os telhados, cinzentos. Agora estava vendo que, na verdade, as árvores eram verdes e os telhados, vermelhos.

Cada coisa tinha uma cor própria! As portas e os caixilhos das janelas eram envernizados de marrom, as cortinas das casas eram todas coloridas. O piso do pátio do castelo era amarelo, as heras que cobriam os muros eram verdes, no alto da torre tremulava uma bandeira com faixas vermelhas e douradas... e, lá no alto, o céu era de um azul maravilhoso, com algumas nuvenzinhas brancas, como se fossem barquinhos perdidos no meio de um oceano.

– Que beleza! Como é lindo! – maravilhava-se o fantasminha, sem conseguir conter seu espanto.

Demorou mais um tempinho para ele entender o que havia acontecido.

– Será mesmo que eu consegui acordar durante o dia?

O Pequeno Fantasma esfregou os olhos e se beliscou. Era verdade, ele não estava sonhando.

– É de dia! Um dia claro e ensolarado! Não sabia nem como nem por que seu desejo havia se realizado.

Seria um milagre? Não dava para saber...

Logo o fantasminha deixou de se preocupar com isso.

"O mais importante", ele pensou, "é que finalmente estou conhecendo o mundo durante o dia! Agora chega de perder tempo, quero passear por Eulenstein!"

O fantasminha saiu do sótão, cheio de curiosidade. Voando pela escadaria, foi descendo do terceiro andar para o segundo, do segundo para o primeiro, e do primeiro para o térreo. Depois foi até o vestíbulo que levava ao pátio.

Acontece que, aquele dia, o professor Talmaier tinha resolvido levar os alunos da quarta série para visitar o museu do castelo, e justo naquela hora ele veio chegando pelo outro lado, com toda a classe.

Ao avistarem o fantasminha, as meninas começaram a berrar e os meninos gritaram:

– Professor Talmaier, um fantasma! Um fantasma, professor Talmaier!

Foi uma confusão e uma barulheira infernal. O fantasminha, que não estava acostumado com gritos de crianças, ficou tão assustado que saiu correndo para o pátio.

As crianças acharam que o fantasminha estivesse com medo delas.

– Depressa, depressa! – comandavam alguns garotos. – Vamos atrás dele, vamos pegá-lo.

– É isso mesmo – concordavam os outros. – Vamos atrás dele! Depressa, ele vai acabar escapando.

Antes que o professor Talmaier pudesse fazer qualquer coisa para impedir, as trinta e sete crianças saíram correndo para tentar pegar o Pequeno Fantasma. Atravessaram o vestíbulo, aos gritos, e saíram para o pátio.

– Ainda está dando para vê-lo? Ele ainda não sumiu? – perguntavam as crianças que estavam mais atrás. E as da frente iam respondendo:

– Está ali! Está correndo ali adiante!

O fantasminha tentava ficar sempre perto da sombra do muro do castelo, pois, como todos os seres noturnos, ele não suportava a luz do sol. Mas no fundo estava se divertindo com aquela correria.

"Podem gritar à vontade!", ele ia pensando. "Se pensam que tenho medo de vocês, estão muito enganados!"

Num certo momento, o fantasminha deixou as crianças chegarem bem perto. E, quando os garotos que estavam na frente tentaram agarrá-lo, brandiu os punhos cerrados, ameaçador, dando-lhes o maior susto.

"Ótimo, ótimo!", pensou o fantasminha. "Vou usar esse truque mais vezes..."

A segunda tentativa também deu certo. Mas na terceira o fantasminha se descuidou. Afastou-se da sombra do muro e ficou exposto à luz do sol.

E foi aí que aconteceu uma coisa muito estranha! Assim que foi atingido pelo primeiro raio de sol, o fantasminha sentiu uma pancada muito forte na cabeça, tão forte que quase o jogou ao chão. Chorando alto, ele escondeu o rosto com as mãos e começou a sentir uma tontura. Então as crianças disseram:

– Vejam só! O que aconteceu com o fantasma? Ele era branco e agora ficou preto. Preto como um limpador de chaminé!

O Pequeno Fantasma ouvia as crianças, só que não entendia o que diziam. Sentiu que alguma coisa tinha acontecido com ele, mas não sabia dizer o que era. Não sabia que os raios de sol fazem os fantasmas ficarem pretos como carvão.

"Preciso ir embora!", era a única coisa que ele conseguia pensar. "Preciso ir embora! Preciso ir embora daqui!" Mas para onde? Não podia voltar para o sótão, pois as crianças estavam impedindo a sua passagem. O poço! No meio do pátio! E se ele se escondesse dentro do poço? Lá estaria protegido. Das crianças e dos raios do sol...
O fantasminha não hesitou. Correu até o poço e se jogou lá dentro.
As crianças pararam, espantadas.
– Professor Talmaier – elas chamavam. – Depressa! O fantasma se jogou dentro do poço!
O professor Talmaier não acreditava em fantasmas. Estava convencido de que uma pessoa havia caído dentro do poço.
– Oh, céus! – disse ele, erguendo as mãos. – Que desgraça, crianças! Precisamos pedir ajuda imediatamente! Gritem, crianças, gritem!
O professor Talmaier e as trinta e sete crianças começaram a chamar por socorro. Gritaram tanto que o administrador do castelo, os dois vigias do museu e todos os visitantes correram assustados até o pátio, querendo saber o que havia acontecido.
– Vocês nem imaginam – balbuciou o sr. Talmaier –, alguém caiu dentro do poço!
– Algum aluno seu? – perguntou o administrador do castelo, mal humorado.
– Felizmente não. Foi...
– Quem foi?
O professor Talmaier franziu as sobrancelhas.
– Não sei – ele disse. – Mas todos nós vimos alguém cair e acho que devemos fazer o possível para tirar a pessoa de lá!

Dentro do poço

    Aquele poço escuro tinha bem uns quarenta metros de profundidade, e nele ainda havia água. Era uma água escura e fria. O fantasminha não tinha a menor vontade sequer de encostar nela. Na parede do poço havia uma pedra saliente, com largura suficiente para ele se sentar. O fantasminha instalou-se ali e olhou para baixo.

    Lá do fundo, uma figura preta o encarava. Tinha olhos brancos e trazia na mão um molho de chaves... aliás, um molho de treze chaves. Então o fantasminha percebeu que aquela figura preta era seu próprio reflexo.

    – Nossa, o que foi que aconteceu? – disse ele, perplexo. – Estou completamente preto! Da cabeça aos pés! E esses olhos brancos e brilhantes... assustadores! Até eu estou com medo de mim! Minha nossa!

A cabeça do fantasminha ainda doía. Ele se sentia o mais miserável dos fantasmas.

"Eu só queria saber por que fiquei preto", ele se perguntava. "E aquela pancada que eu levei na cabeça! Fico tonto só de lembrar... Tenho certeza de que foi a luz do sol que me golpeou. E decerto também foi a luz do sol que me deixou preto... Se eu soubesse que isso ia acontecer, teria ficado quietinho dentro do meu baú, sem sair para nada..."

O fantasminha olhou carrancudo para a sua imagem na água.

"Será que vou ficar assim para o resto da vida? Será que não existe nada que possa me fazer voltar a ser como sempre fui? Tomara, tomara!"

Enquanto o fantasminha ficava pensando nessas coisas lá no fundo do poço, o administrador do castelo já tinha corrido até seu escritório para avisar os bombeiros. Em poucos instantes, o carro de bombeiros entrou pelo portão do castelo com a sirene ligada, trazendo um capitão com mais sete homens.

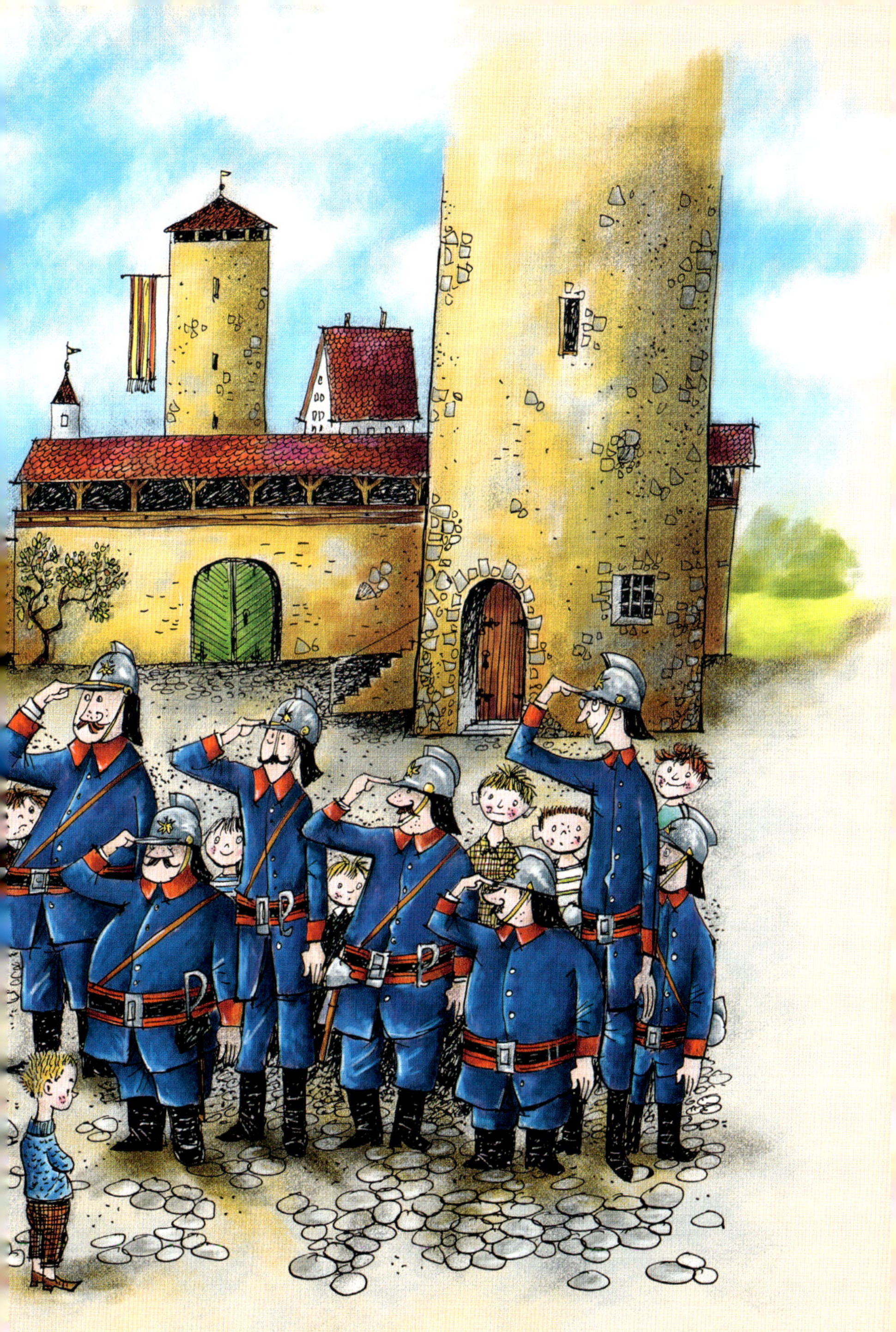

O professor Talmaier e o administrador do castelo contaram o que havia acontecido ao capitão, que, depois de pensar um pouco, fez uma continência, tocando seu capacete dourado com dois dedos, e disse:

– Perfeitamente, senhores. Um de meus homens descerá ao fundo do poço para resgatar a vítima.

Então virou-se para seus homens e perguntou:

– Quem se habilita?

Os sete bombeiros ergueram a mão e responderam:

– Eu, capitão!

O capitão escolheu o mais baixinho e franzino. Os outros amarraram um cabo comprido no cinto dele e o próprio capitão pendurou-lhe uma lanterna no pescoço, dizendo:

– Boa sorte, rapaz!

Lentamente e com muito cuidado, o bombeiro começou a descer para dentro do poço por uma escada de corda, enquanto seus colegas seguravam o cabo que haviam amarrado no seu cinto.

O fantasminha viu o bombeiro descendo com a lanterna. Ficou atrapalhado, imaginando como seria quando o homem o descobrisse.

"E agora?", pensou o fantasminha.

Ficou olhando para as paredes do poço sem saber o que fazer. Viu então que diante da pedra em que estava sentado havia uma pequena porta de ferro com uma fechadura muito antiga. Onde iria dar aquela porta?

O fantasminha girou rapidamente uma de suas chaves. A portinha de ferro se abriu e então ele descobriu que ali começava um corredor subterrâneo.

"Ah, uma passagem secreta!", ele pensou. Esgueirou-se por ela e a portinha se fechou às suas costas, como se nada tivesse acontecido.

– Muito bem – sussurrou o fantasminha –, perfeito! Agora vocês aí fora podem me procurar à vontade com suas lanternas. Estou salvo. Ficarei aqui até meia-noite. Depois sairei pela boca do poço, irei para o sótão e tudo voltará a ser como antes.

Onde vai dar a passagem secreta?

O fantasminha sempre imaginou que só conseguiria dormir bem dentro do seu baú. Mas agora estava vendo que não era bem assim. Tirou uma boa soneca deitado nas pedras úmidas daquela passagem secreta. Tanto que, ao acordar, nem lembrava direito como tinha ido parar ali.

Não ouviu o relógio bater meia-noite, pois nenhum som do mundo lá de fora chegava até lá embaixo. Mesmo assim, o fantasminha teve certeza de que era meia-noite. Estava muito bem disposto, como se tivesse dormido no sótão do castelo. Só sentia falta das teias de aranha e da poeira.

"Droga, meu nariz não está coçando!", ele pensou. "Se eu não espirrar, vou ficar com a impressão de que não acordei direito."

Seu plano era subir pelo poço e voltar para o castelo. Mas, no momento em que ia abrir a porta de ferro, parou para pensar:

"E se eu seguisse por esse corredor? Bem que eu gostaria de saber onde ele vai dar."

O fantasminha se entusiasmou com a ideia. Pôs o molho de chaves debaixo do braço e recuou. Os fantasmas conseguem enxergar no escuro, como os gatos. Assim, ele foi descendo pela passagem secreta com a maior facilidade, até encontrar uma bifurcação. Então, parou para refletir:

"Vou pela direita ou pela esquerda? É difícil decidir! Vou sortear contando as chaves: direita... esquerda... direita... esquerda... direita... esquerda..."

As chaves se decidiram pelo caminho da direita. Pronto! Sem hesitar mais, o fantasminha se precipitou pela direita. Como era úmido aquele lugar! Úmido e frio. De vez em quando, ratazanas cruzavam seu caminho. Ou seriam camundongos? Apareciam de repente, em meio à escuridão, e imediatamente voltavam a desaparecer. Nem dava tempo para o fantasminha perguntar-lhes onde ia dar a passagem secreta. "A algum lugar ela deve levar", pensava o fantasminha.

Pouco adiante apareceu mais uma bifurcação, e desta vez ele preferiu enveredar pela esquerda. Então o caminho foi se bifurcando com frequência cada vez maior. O fantasminha se deu conta de que tinha entrado numa rede subterrânea que abrangia todo o castelo de Eulenstein e suas redondezas.

"Deve ter sido difícil abrir estes corredores!", ele pensou. "Não tenho a menor inveja de quem teve de escavar esses caminhos por entre as pedras. Deve ter dado um trabalhão!"

Alguns trechos haviam desmoronado, obrigando o fantasminha a se arrastar por cima de um monte de entulho e pedregulhos. A uma certa altura chegou a topar com uma grade de ferro que obstruía toda a largura do corredor. Era impossível removê-la ou abri-la, mas também não foi preciso. Quando necessário, os fantasmas podem se encolher de tal modo que cabem em qualquer vão, por mais estreito que seja. Assim, o fantasminha atravessou brincando a grade de ferro.

Logo adiante a passagem secreta chegou ao fim. Terminava num alçapão estreito, fechado por uma tampa de ferro.

"Onde será que vai dar esta porta?", ficou pensando o fantasminha.

Sem vacilar, ele girou no ar uma das chaves do seu molho e levantou a tampa. Lá fora, tudo brilhava. Era a luz do dia!

"Opa!", pensou ele. "Então não é meia-noite?"

Ele pôs a cabeça para fora e olhou ao redor. A primeira

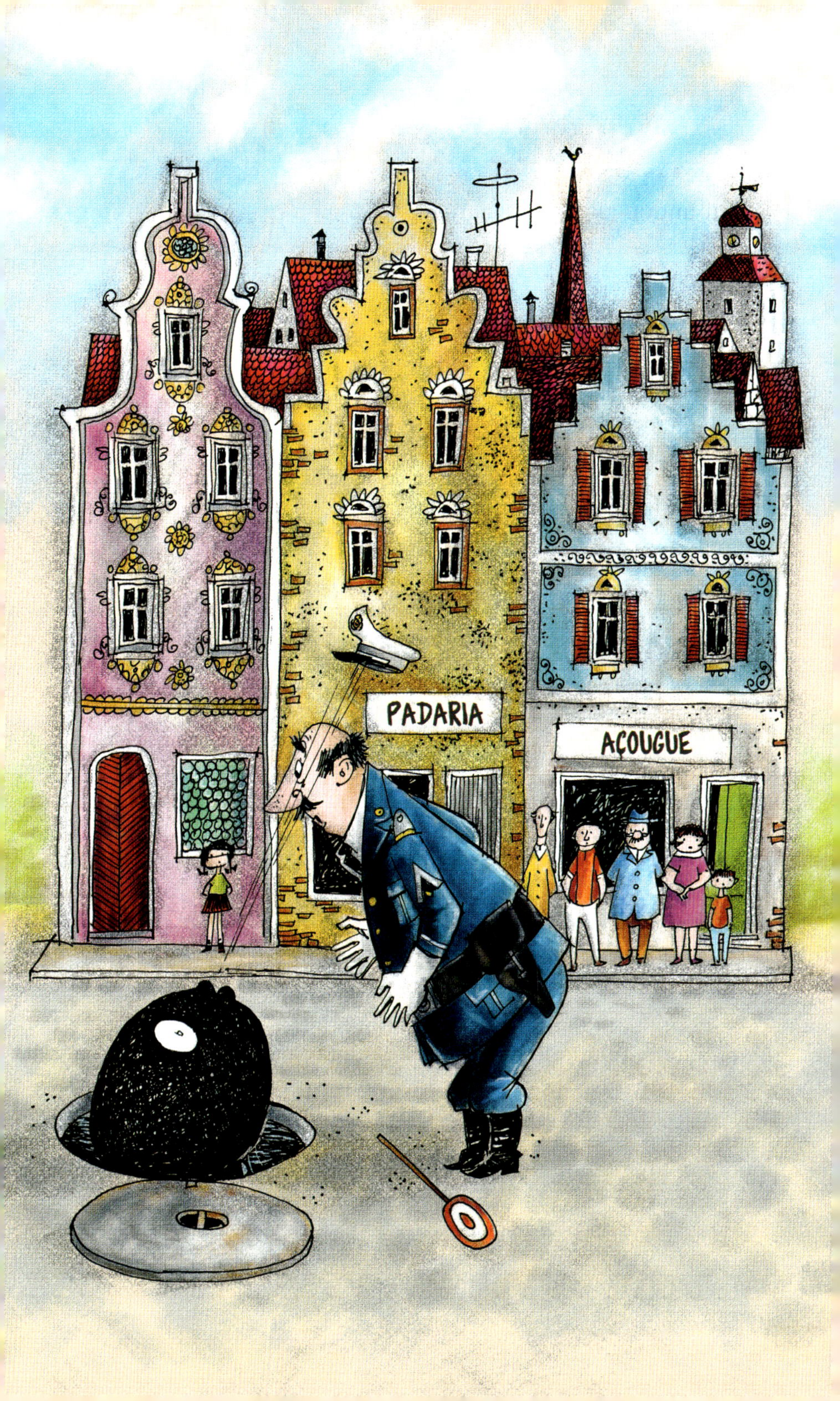
PADARIA
AÇOUGUE

coisa que viu foram duas botas pretas muito lustrosas, bem diante do seu nariz. Enfiado nas botas havia um homem de casaco azul com botões dourados. Ele usava luvas e quepe brancos.

O fantasminha nem imaginava que aquele homem de quepe branco fosse um guarda de trânsito, e o guarda não tinha ideia de que aquela figurinha preta de olhos brancos, que de repente pusera a cabeça para fora do chão no meio da rua mais agitada da cidade, fosse um fantasma. Achou que fosse apenas um limpador de esgotos.

– Ficou maluco? – ele disse, com as mãos na cintura. – Como pode ir abrindo o alçapão desse jeito, sem mais nem menos? Não vê que está atrapalhando o trânsito? Faça o favor de voltar lá para baixo, e depressa!

Os motoristas ficaram todos parados no cruzamento, sem entender por que o guarda os fazia esperar. Alguns perderam a paciência e começaram a buzinar. O fantasminha ficou muito irritado por ter sido repreendido. Começou a encher sua cabeça de ar, até ela ficar do tamanho de um barril. Depois apertou os lábios e se esvaziou como um balão.

"Pfuuuuuuuuiiiiittt"... o sopro do fantasminha fez o quepe do guarda sair voando.

– Tome isto, seu mal-educado! – disse o fantasminha, rindo. E, satisfeito da vida, ele voltou para baixo do chão e... clap!... a tampa se fechou.

O guarda de trânsito levou muito tempo para se refazer do susto. Só depois de uns cinco minutos ele conseguiu levantar os braços e voltar a orientar os carros, que não paravam de buzinar.

O vulto misterioso passeia pela cidade

Depois do incidente como o guarda de trânsito, durante uma semana houve muita confusão pela cidade, sempre entre meio-dia e uma hora da tarde. Nesse horário, em algum lugar, sempre saía do chão um vulto preto assustando as pessoas.

Na terça-feira ele apareceu entre as barracas do mercado, e as mulheres, com muita razão, saíram correndo para todos os lados, aos gritos.

Na quarta-feira ele surgiu no restaurante Leão Dourado, assustando os fregueses, os garçons e o gerente.

Na quinta-feira o vulto misterioso de olhos brancos aterradores foi visto na usina de gás da cidade.

Na sexta-feira provocou uma tremenda confusão no pátio de uma escola, ao aparecer no meio de uma aula de ginástica das alunas da sexta série.

Em resumo, não houve um dia da semana em que aquele vulto misterioso não tivesse aparecido em algum lugar.

Todos os dias a *Folha de Eulenberg* publicava artigos reclamando da falta de ação da prefeitura. Todos queriam saber por quanto tempo mais as autoridades ficariam assistindo aos passeios daquele vulto misterioso sem tomar nenhuma providência.

O prefeito convocou todos os vereadores para uma assembleia extraordinária. O delegado de polícia reunia-se com seus homens, tentando encontrar a melhor maneira de prender o "vulto preto misterioso". Ninguém na cidade sabia explicar aqueles incidentes, nem mesmo o investigador Holzinger, conhecido por resolver rapidamente os casos mais complicados.

E, na verdade, o caso era tão fácil!

O fantasminha, agora, estava acordando ao meio-dia, e não à meia-noite. E a rede de corredores subterrâneos era tão intrincada, que ele não estava conseguindo encontrar o caminho de volta ao poço do castelo. Cada dia tentava uma saída diferente, pensando que fosse a de sua morada.

"Não me importo em passear um pouco pela cidade enquanto não encontro a saída certa", ele pensava. "Só é pena que as pessoas fiquem fugindo de mim! Acho que elas fogem porque fiquei preto. Que estranho, por que não se assustavam quando eu era branco?"

Às vezes o fantasminha sentia saudades do seu sótão e do baú de madeira. Então ficava triste ao pensar que talvez nunca mais acordasse à meia-noite.

"Eulenstein era tão bonito nas noites de lua cheia", ele recordava, melancólico.

E mais de mil vezes perguntou-se por que teria começado a acordar àquela hora.

"Será que é possível um fantasma noturno virar fantasma diurno assim, de repente?", ele indagava. "E por que foi acontecer justo comigo? Deve haver algum motivo, alguma razão... mas acho que nunca serei capaz de descobrir qual é... Além do mais, se houvesse uma explicação, o que me adiantaria saber? Preciso aceitar o meu destino e pronto."

Enfeites

No domingo, o fantasminha descobriu uma nova saída da rede de corredores subterrâneos. Como todas as outras saídas, também era bloqueada por uma grade presa nas pedras. Só que, nesta, alguns passos depois da primeira grade havia uma segunda, e depois dela uma terceira. E, no final, ainda havia uma tampa de aço com uma fechadura de segurança.

"Por que será isso?", pensou o fantasminha.

Abrir a fechadura de segurança foi fácil. Foi só girar uma chave no ar e pronto. Ele chegou então a um depósito de carvão. O Pequeno Fantasma estava no prédio da prefeitura de Eulenberg! Depois de subir as escadas do depósito de carvão, ele arregalou os olhos de espanto quando se viu dentro da prefeitura, com seus corredores e gabinetes, a bela escadaria de pedra e os vitrais coloridos que brilhavam à luz do meio-dia.

Nos dias de semana havia muita agitação na prefeitura. Funcionários e empregados corriam de uma porta para outra, o contínuo passava carregando pilhas de documentos. Nos corredores, as pessoas formavam filas imensas, cada uma querendo uma coisa diferente. Mas no domingo, ao meio-dia, não havia ninguém lá dentro. O fantasminha podia passear à vontade. Abria todas as portas e entrava em todas as salas.

Num dado momento ele percebeu que em cada sala havia um cartaz, e eram todos iguais. Retratavam em cores nítidas e vivas... o general Torsten Torstenson! Lá estava ele, montado no seu cavalo, com o peito estufado e a espada na mão

Domingo, 27 de julho
Grande comemoração histórica dos
325 ANOS
da invasão de Eulenberg pelos suecos

Armas de verdade e trajes da época da guerra dos trinta anos. 476 participantes - 28 cavalos - 2 canhões. Acompanhamento musical da orquestra da cidade. Início às 11h30 na praça da prefeitura.

direita. Sua capa verde de cavaleiro tremulava ao vento, o penacho do seu chapéu e seu cavanhaque ruivo brilhavam.

Embaixo do seu retrato havia alguma coisa escrita em letras grandes, mas o fantasminha não conseguia saber o que era. Não sabia ler nem escrever e nem imaginava que aqueles cartazes anunciavam uma grande festa.

"Por que esses cartazes do Torstenson por todo lado?", pensou o fantasminha. "Se fosse só um quadro ou outro, tudo bem. Mas por que em todas as salas, nos corredores e até nas escadas? Ah, isso é demais!"

Na sala da tesouraria o fantasminha encontrou um pincel atômico e teve uma grande ideia. Usou-o para desenhar uma barba preta no retrato do general Torstenson. Depois foi para a outra sala, onde havia outro cartaz. Lá ele desenhou no rosto do general um nariz enorme com uma verruga na ponta.

– Esses cartazes todos iguais. É melhor variar um pouco! – ele dizia, rindo.

Ele corria de um cartaz para o outro, desenhando nos retratos de Torstenson ora orelhas de burro, ora tapa-olhos, como aqueles usados pelos piratas.

O Pequeno Fantasma estava achando aquilo muito divertido.

Cada vez inventava novos desenhos: chifres de touro, uma barriga enorme, olhos arregalados, chifres de veado, um cachimbo aceso, tranças compridas, uma argola no nariz e outros enfeites. Ficou tão entusiasmado que acabou esquecendo o horário.

O fantasminha estava no gabinete do prefeito quando de repente o relógio da prefeitura bateu uma hora! Precisava encontrar, o mais depressa possível, um lugar sossegado para passar as próximas vinte e três horas.

"Não chegarei em tempo aos corredores subterrâneos", pensou. "É muito longe. Já estou ficando tonto..."

Num canto daquele gabinete com piso de madeira havia um baú antigo com alças de ferro. Em outros tempos, nele eram guardados documentos e cartas importantes. Mas agora o baú estava vazio, era só uma peça de decoração.

"É a minha salvação!", pensou o fantasminha.

Enfiou-se rapidamente dentro do baú. A tampa se fechou em seguida e ele adormeceu.

Cuidado, prefeito!

Na manhã seguinte, ao acordar, o fantasminha percebeu que alguns homens conversavam no gabinete, muito exaltados. Cuidadosamente, ele levantou a tampa do baú e deu uma espiada para fora.

Havia três pessoas na sala: o prefeito, que fumava um charuto, sentado atrás da escrivaninha numa cadeira de encosto alto, estofada de couro vermelho; o comandante da polícia militar, na sua frente, com o quepe embaixo do braço; e o investigador Holzinger, encostado na janela, de braços cruzados.

Dava logo para perceber que o prefeito estava muito irritado.

– Vou dizer mais uma vez! – ele falou, dando um soco na escrivaninha. – O que fizeram aqui foi um ato de vandalismo! Como é que alguém pode desfigurar todos os cartazes de maneira tão grosseira e desrespeitosa? Exijo que os senhores encontrem o criminoso o quanto antes! Temos o dever de zelar pela nossa cidade. Se não o encontrarem, meus caros – ele continuou, voltando-se para o comandante –, estarão dando provas de incompetência profissional!

O comandante corou.

– Pode ter certeza, prefeito, de que a polícia fará todos os esforços para prender o responsável. Estou convencido de que é apenas uma questão de tempo. Todos os casos desse tipo, até hoje, foram esclarecidos... salvo raríssimas exceções.

– Conheço bem suas exceções! – o prefeito revidou. – Além do mais, o tal vulto anda solto por aí, pondo a cidade de cabeça para baixo, justamente uma semana antes das comemorações dos 325 anos! Vocês não percebem que o nome de Eulenberg está sendo desonrado? Será que a nossa polícia não serve para nada?

O comandante mordeu os lábios. O que ele poderia dizer? O prefeito voltou-se então para o investigador Holzinger.

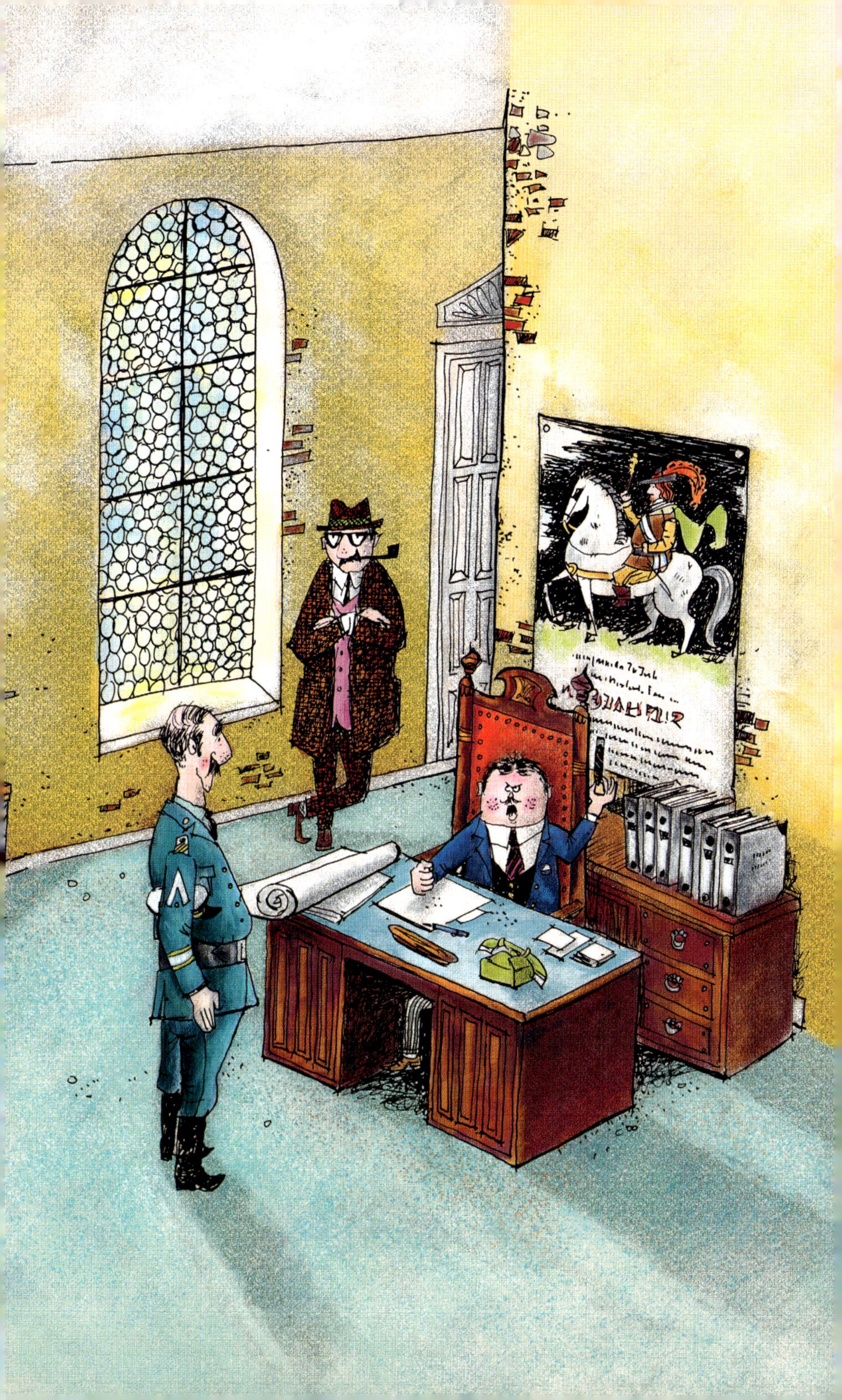

– E o senhor, caro Holzinger? Sabe fazer outra coisa além de coçar a cabeça?

O sr. Holzinger tirou os óculos de aros escuros e começou a limpá-los.

– Acho que o problema é mais grave do que imaginamos – ele disse. – Não ficaria surpreso se houvesse uma ligação entre esse vulto misterioso e esta história toda – e apontou para os cartazes empilhados na escrivaninha do prefeito.

O prefeito tirou o charuto da boca com ar de desprezo.

– Que ideia maluca é essa?

– Não sei como explicar. É apenas uma impressão.

– E quem é esse vulto misterioso? Sua impressão nos diz alguma coisa?

O sr. Holzinger ergueu seus óculos contra a luz. Colocou-os novamente e disse, com expressão de dúvida:

– Ela diz que esses incidentes não podem ser explicados por fatores concretos.

– Essa não! – bramiu o prefeito, achando graça. – Só falta o senhor me dizer que se trata de um fantasma!

– E se for mesmo um fantasma? – perguntou o sr. Holzinger.

Mas o prefeito só balançou a cabeça.

– Muito engraçado, Holzinger! Engraçadíssimo! Tente contar essa história para alguma criancinha, mas não para mim! Eu não acredito em fantasmas!

Até aquele momento o fantasminha estivera em silêncio, apenas ouvindo a conversa. Mas sua honra acabava de ser atingida. O prefeito não acreditava em fantasmas? Pois então ele ia ver.

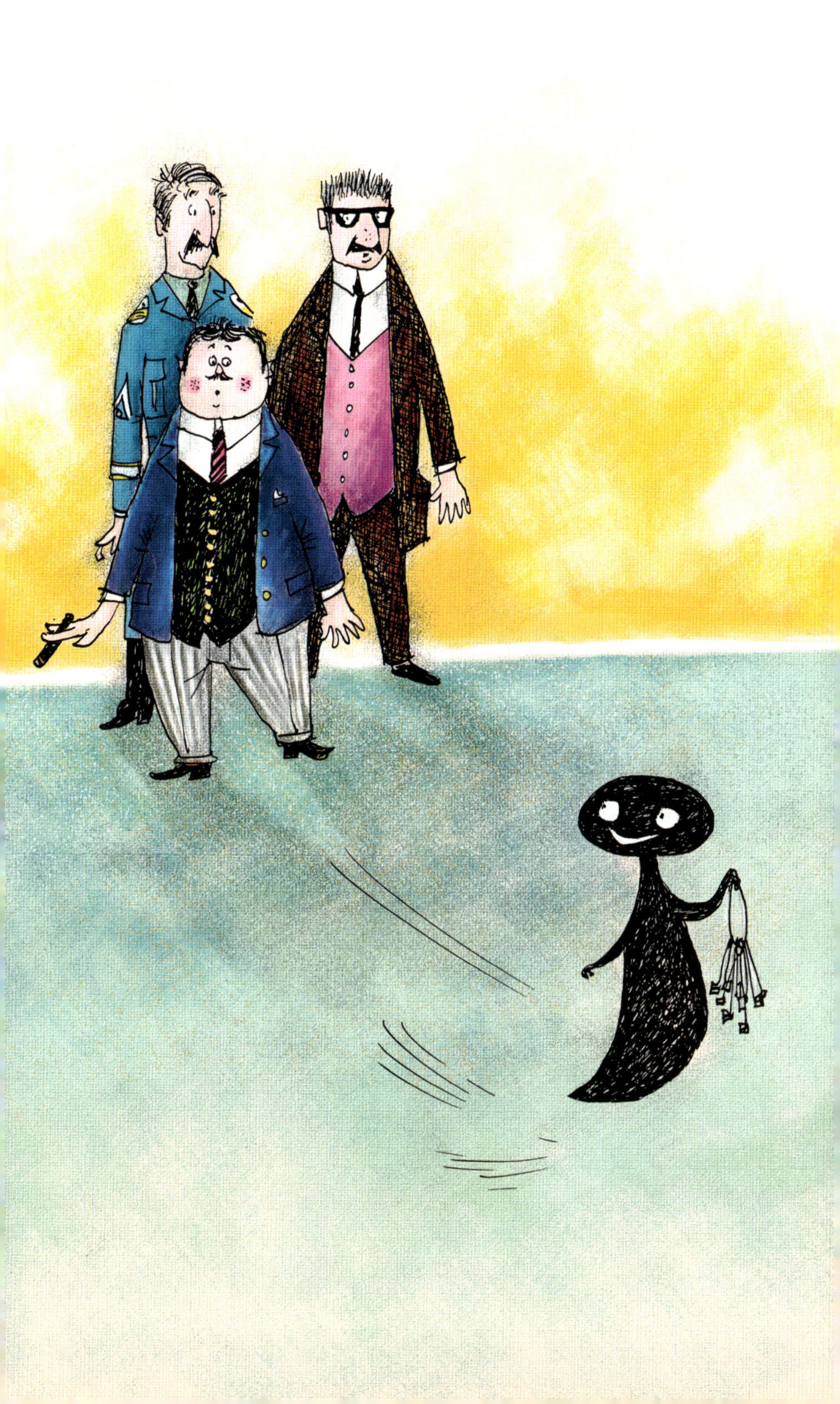

– Uuuuuuuuuuuuuuu! – soou o grito do fantasminha, lá dentro do baú vazio.

O prefeito, o comandante e o investigador viraram-se juntos, assustados.

– Uuuuuuuuuuuuuuu! – fez o fantasminha mais uma vez.

Então a tampa do baú se levantou. O fantasminha foi surgindo devagarinho, ao som de rangidos e tilintar de chaves, encarando o prefeito com seus olhos brancos.

– Uuuuuuuuuuuuuuuu! – ele continuou. – Uuuuuuuuuuuuuuu!

O prefeito começou a tremer de medo. Deixou cair o charuto e começou a ofegar, com falta de ar.

O comandante e o investigador Holzinger também estavam com os cabelos em pé. Sem conseguir fazer um gesto, viram o Pequeno Fantasma sair do baú, atravessar a sala e ir embora.

Pânico na prefeitura

O sr. Holzinger foi o primeiro a reagir ao susto. Logo depois que o fantasminha saiu do gabinete do prefeito, o investigador abriu a porta com violência e saiu correndo pelo corredor. Viu o vulto escuro com o molho de chaves enveredar, um pouco adiante, por um outro corredor.

– Pare! – ele avisou. – Fique onde está! O senhor está preso!

Só que o fantasminha não estava com a menor vontade de deixar que o prendessem. Continuou avançando e ainda deu uma risadinha. O investigador Holzinger, então, pôs a boca no mundo. Ele gritava tão alto que sua voz ecoava por todos os corredores e escadas:

– Cuidado! Tenham todos muito cuidado! O vulto misterioso está na prefeitura! Não podemos deixá-lo escapar! Vamos pegá-lo! Agarrem o vulto misterioso! Agarrem o vulto misterioso! Agarrem! Agarrem!

Quase todos os funcionários e empregados estavam em horário de almoço. Mas os poucos que tinham ficado na prefeitura saíram correndo.

– Viu só, sr. Müller? Ele está atacando até a prefeitura!
– Por favor, sra. Krause, me dê a tesoura! Talvez seja melhor eu sair armado...
– Acho bom avisar a polícia!
– Boa ideia, sra. Schneider! Qual é mesmo o número? Dois um zero... ou é um zero dois?
– Alô, é da polícia? Sou o sr. Lehmann, inspetor de obras da prefeitura. Venham imediatamente para cá com todos os homens disponíveis! O vulto misterioso está aqui! Sim, apareceu de repente! Entendeu bem? O quanto antes!

Sob o comando do investigador Holzinger, o prédio da prefeitura foi inteirinho revistado. Cada sala e cada armário, cada canto de escada e cada prateleira, tudo foi vasculhado. Os armários de vassouras, as lavanderias e os banheiros também não escaparam à revista. Mas ninguém viu nem sombra do vulto misterioso. No sótão e na adega também não havia nada suspeito.

Ajax, o cão policial, também não encontrou nenhuma pista.

– Estou diante de um enigma – disse o sr. Holzinger. – Nunca vi nada parecido em toda a minha vida. E, afinal, já tenho dezenove anos de polícia!

Onde o fantasminha tinha se enfiado? Em algum lugar ele devia estar, pois nem fantasma é capaz de sumir desse jeito.

Sumir ele não podia, mesmo. Mas havia outras coisas de que o fantasminha era capaz. De início, ele quis voltar para a passagem subterrânea. Acontece que os funcionários da prefeitura, que estavam feito loucos atrás dele, tinham bloqueado as saídas. Então o Pequeno Fantasma subiu até o

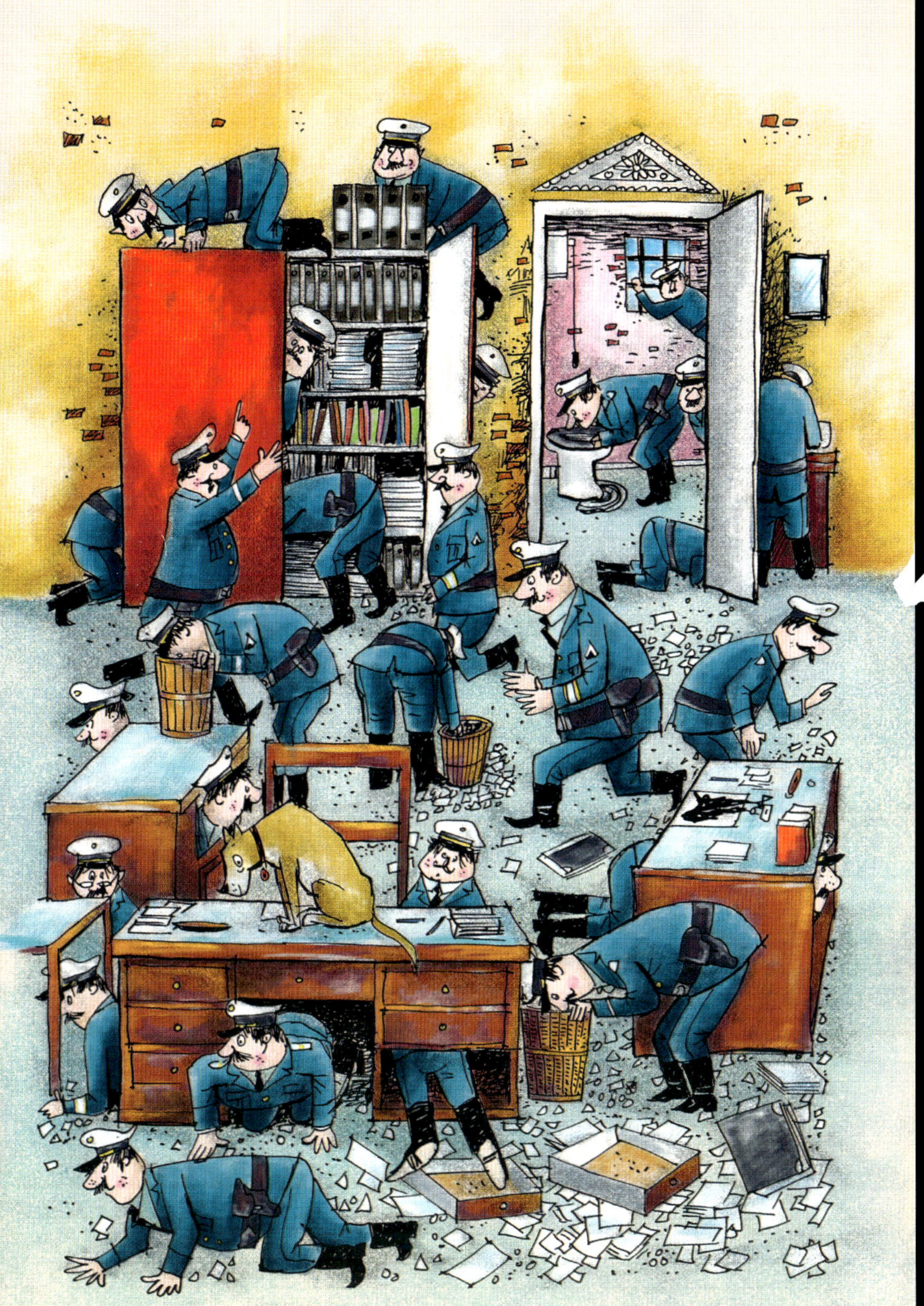

sótão e de lá até a torre. Ao ouvir os passos de seus perseguidores aproximando-se pela escada, ele resolveu se esconder na casa de máquinas do relógio da prefeitura.

"Ninguém vai pensar em me procurar lá", pensou o fantasminha.

Ninguém imaginou, mesmo, que ele pudesse estar na casa de máquinas do relógio, nem o investigador Holzinger.

Aquele lugar era muito incômodo, e o fantasminha não conseguia dormir direito por causa do barulho das máquinas.

– É muito melhor ser um fantasma noturno – ele resmungou. – Eu faria qualquer coisa para voltar a acordar só à noite...

Ora, bastaria ele mexer em algumas peças do relógio para realizar seu desejo! Só que o fantasminha não sabia que o horário do sono dele estava ligado ao relógio da prefeitura. E nem poderia saber, pois a coruja Uhu não lhe tinha contado nada.

"Este lugar é muito barulhento e incômodo!", ele pensou.

Em seguida, o fantasminha tampou os ouvidos com as mãos... e adormeceu profundamente.

Um lugar sossegado

O fantasminha levou um susto quando acordou no dia seguinte, pois o relógio tocou bem no ouvido dele. Se tivesse levado doze marteladas na cabeça, não teria sido pior.

"Vou já para o porão!", pensou o fantasminha. "Então, o jeito é voltar ao prédio da prefeitura e encontrar o lugar por onde entrei!"

Mas não era tão fácil quanto ele imaginara. Cada vez que achava que as escadarias estivessem livres para ele descer até o porão sem ser visto, acabava aparecendo alguém. Além do mais, a faxineira aproveitava a hora do almoço dos funcionários para varrer as escadas e lavar o chão.

"Já vi tudo", pensou o fantasminha. "Se eu descer, vai haver confusão de novo, e já cansei dessa história. Nós, os fantasmas, não estamos acostumados com tanta agitação. É melhor eu ficar por aqui e descansar até domingo. Assim, ninguém vai me incomodar: nem o prefeito, nem a faxineira, nem os funcionários, nem a polícia. Aos domingos todos eles ficarão em casa descansando e a prefeitura estará livre para mim. É o melhor que tenho a fazer. Mesmo assim, vou sair da casa de máquinas do relógio e procurar um esconderijo no sótão."

O Pequeno Fantasma passou os dias e as noites seguintes no sótão da prefeitura de Eulenberg. Até que não era um mau lugar. Ali também havia poeira e teias de aranha. As teias não eram tão longas e emaranhadas como as do sótão do castelo, mas apesar disso o fantasminha se sentia mais à vontade.

E que sossego! Depois das aventuras dos últimos dias, como era bom não ser incomodado! Ninguém se assustava com o fantasminha, ninguém corria atrás dele tentando agarrá-lo. Apesar disso, também não dava para reclamar de tédio.

Logo que acordava, o fantasminha ia até a janela. De um lado ele via a feira, onde as verdureiras, sentadas atrás de suas bancas, ofereciam cebolas, rabanetes, aipos, dentes de alho e alfaces para os fregueses. Do outro lado ficava a praça da prefeitura, com uma fonte jorrando água o tempo todo e onde o guarda de trânsito virava os braços estendidos ora para um lado, ora para o outro. Sob seu comando, cruzavam a praça caminhões, carros de passeio, um ou outro ônibus, algumas bicicletas e, às vezes, a perua amarela do correio.

"É engraçado como as coisas funcionam lá embaixo!", pensava o fantasminha. "Será que aquele homem de quepe

HOSPEDARIA
DOS LEÕES

PREFEITURA

branco é um mágico? Ele levanta os braços e as carroças começam a andar. Como será que essas carroças de vidro e de ferro conseguem andar sem cavalos? Se eu contar isso à coruja Uhu, ela vai achar que estou mentindo..."

A coruja Uhu Chuhu! Fazia um tempão que o fantasminha nem se lembrava dela... E agora, de repente, começou a pensar na amiga.

"Ah, querida Uhu! Já estava quase me esquecendo da senhora. Será que algum dia vou encontrá-la de novo? Como era bom aquele tempo em que nos sentávamos nos galhos do carvalho e ficávamos contando histórias sob a luz do luar. Sinto saudade das nossas conversas. Sinto saudade do tempo em que eu era um Pequeno Fantasma noturno."

No domingo, a cidadezinha de Eulenberg amanheceu engalanada. As casas estavam enfeitadas com bandeiras e guirlandas. O jardineiro da cidade pendurou na fachada da prefeitura uma linda coroa de flores e folhagens. No centro dela havia uma placa dourada com o número 325. Outras placas iguais, mas menores, haviam sido penduradas nas portas e vitrines de todas as lojas da cidade. Assim, qualquer um podia ver que se tratava da comemoração dos 325 anos da cidade de Eulenberg.

Logo cedo começaram a chegar visitantes de outras cidades. Ao longo da tarde, continuaram a chegar cada vez mais pessoas. Elas se espalhavam em bandos pela cidade.

Algumas vinham de carro, outras de trem e outras ainda de ônibus. A união dos jovens da cidade alta e da cidade baixa de Geiselfing chegou num caminhão cheio de flores e bandeiras coloridas. Todos queriam participar da grande festa e se encaminhavam para a praça da prefeitura.

A festa começou com um desfile representando o exército sueco, que saiu da praça do mercado. Na frente marchavam três soldados carregando bandeiras. Eram seguidos pelos membros do coral masculino "Harmonia 1890", carregando lanças e espingardas muito antigas. Eles representavam os soldados da infantaria. Depois vinham dezenove soldados da cavalaria, representados pelos cavaleiros do Jóquei Clube e do Clube Hípico de Eulenberg. E, para executar as canções de guerra, foram chamados os membros da banda municipal, que vinham de calças pelo joelho e coletes coloridos, barbas postiças e chapéus de palha que balançavam ao vento. Eles tocavam alternadamente a marcha da cavalaria finlandesa e uma música composta por seu maestro especialmente para aquela festa, a Marcha do Jubileu do General Torsten Torstenson.

A Associação Esportiva e a União dos Açougueiros, a Liga dos Pequenos Comerciantes e Quitandeiros, os Bombeiros Voluntários, o clube de fumo e boliche "União dos Nove" e a associação dos companheiros de guerra "Sempre Leais" representavam outros regimentos no desfile.

O general dispunha também de dois canhões. Cada um deles era cercado por quatro cavalos, que na verdade pertenciam a cervejarias e eram conduzidos pelos transportadores de cerveja. Estes, é claro, não vestiam seus tradicionais aventais azuis, mas trajes de guerra cor de ferrugem, que os faziam parecer artilheiros reais suecos.

O exército desfilou por uns vinte minutos até se reunir inteiro diante da prefeitura. Logo ele deveria aparecer... ele, o famoso e temido general Torsten Torstenson!

As pessoas ficavam na ponta dos pés e esticavam o pescoço. De fato, ele surgiu. Vinha montado em seu cavalo rodado, com a mão esquerda na cintura e a direita segurando seu bastão de general, que ele acenava saudando o público.

Aquele casaco verde, o cavanhaque ruivo e os enfeites dourados no seu chapéu de penacho lhe davam um ar grandioso.

– Fabuloso! Ele é simplesmente fabuloso! – gritavam as pessoas, aplaudindo.

Quando o correspondente de um jornal de outra cidade perguntou quem estava desempenhando o papel do general Torstenson, a resposta veio de todos os lados:

– O senhor não o conhece? É o sr. Kumpf, dono da cervejaria!

– Espantoso, não é mesmo? Parece um general de verdade. Vejam só! Nem o próprio Torstenson poderia ser tão autêntico!

Então soou um toque de corneta. Torstenson conduziu seu cavalo para o centro da praça. Voltou os olhos para o céu e todo o público fez silêncio. Então o general pigarreou e começou a falar. Sua voz ecoou alta e forte pela praça da prefeitura:

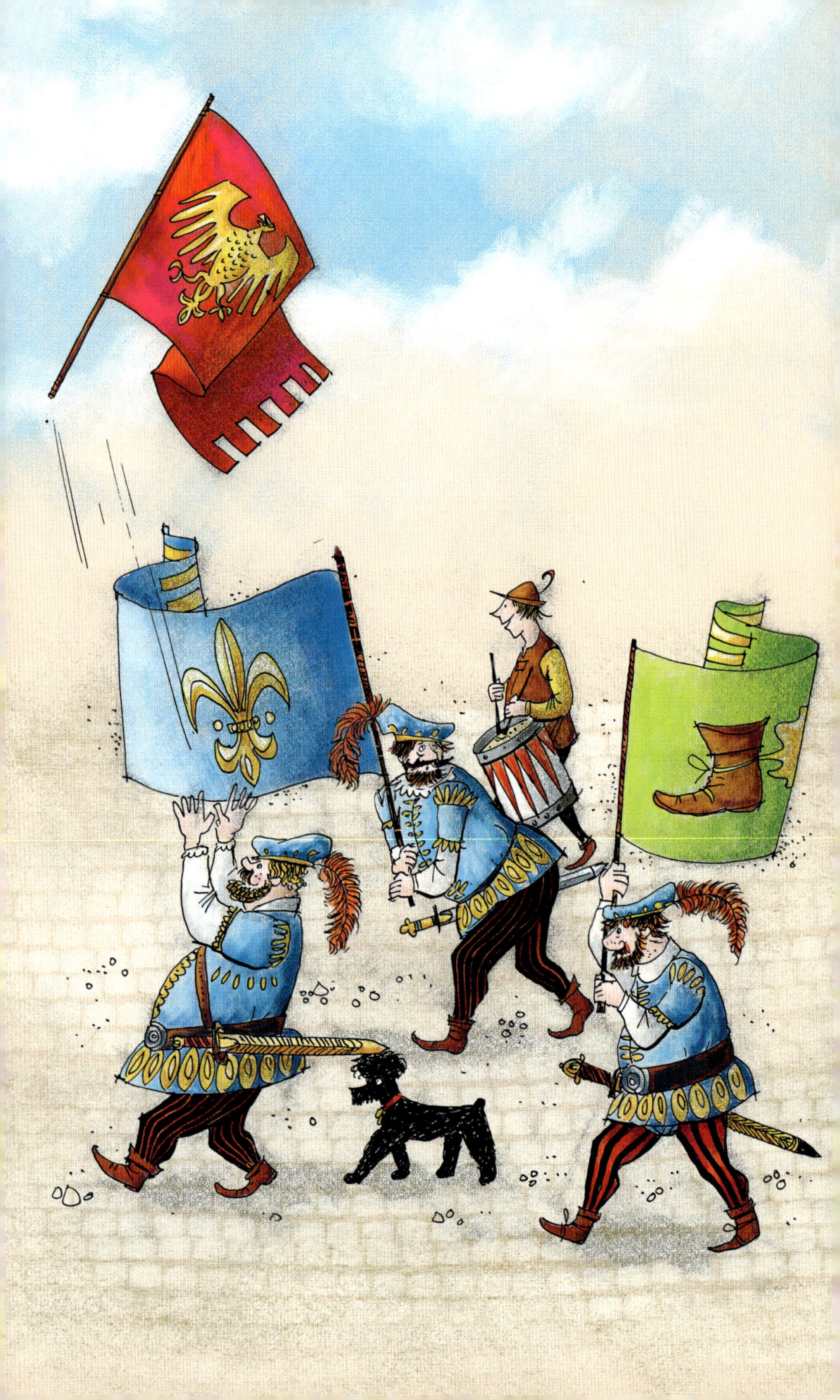

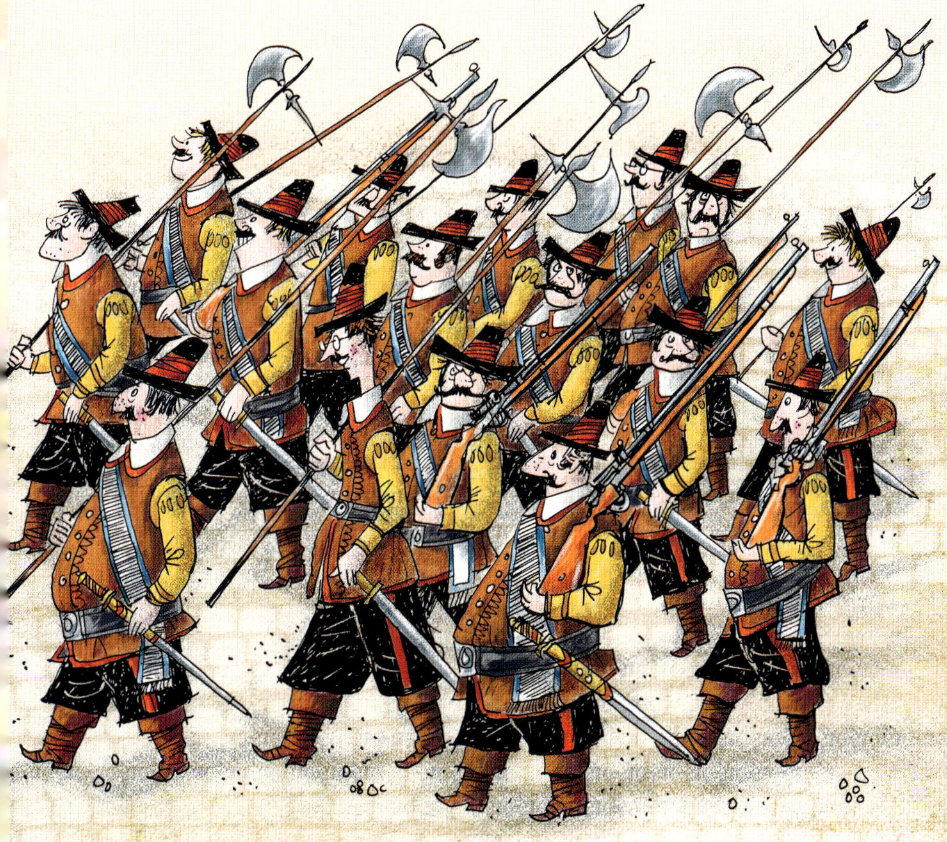

– Aqui estou em nome do rei da Suécia para tomar a cidade e sua fortaleza, que nos contempla com imponência do alto da montanha.

Estas palavras tão bonitas, dignas de um grande general, deixaram a multidão fascinada. Logo em seguida aproximou-se do general um jovem oficial, que na verdade era Deuerlein, o ajudante do farmacêutico. O general ordenou-lhe que rendessem a cidade.

Mas o comandante imperial lhe respondeu com uma sonora gargalhada. Se Torstenson queria invadir a cidade, ele que cuidasse de tudo sozinho!

A resposta despertou a fúria do general, agora mais decidido do que nunca a atacar a cidade e o castelo. Brandindo seu bastão, dirigiu aos homens da artilharia as terríveis palavras:

– Minha decisão é irrevogável. Disparem os canhões! Atenção, fogo!

Os artilheiros suecos carregaram os canhões e um atirou contra o outro, fazendo um barulhão enorme. A multidão aplaudiu, entusiasmada. E ninguém ouviu o relógio da prefeitura bater meio-dia.

A grande confusão

O fantasminha, como sempre, acordou pontualmente na décima segunda badalada do relógio. Ele não sabia da grande festa histórica que estava acontecendo em frente à prefeitura, mas ouviu as explosões dos canhões de Torstenson. Ao olhar pela janela, assustado, viu a praça cheia de soldados.

– Que brincadeira é essa? – disse ele, espantado. – Será que os suecos voltaram? O que estão querendo agora?

O fantasminha ficou indignado: as tropas suecas que fossem com seus canhões para o inferno. E, no meio da fumaceira provocada pelas explosões, ele viu um cavalo rodado montado por um cavaleiro de capa verde.

– Minha nossa, aquele não é o Torstenson?

O chapéu de general, o colarinho, aquele rosto rechonchudo, o cavanhaque ruivo... Não restava a menor dúvida: era ele mesmo!

– Ora, muito bem! – esbravejou o fantasminha. – Então quer dizer que ele voltou! Como ousa aparecer por aqui? Quem ele pensa que é? Será que está achando que eu vou ficar quieto só porque ele é general? Pois está muito enganado, seu... general de meia-tigela!

Tudo aconteceu muito depressa. O fantasminha pulou da janela e foi aterrissar bem onde queria: a três passos do cavalo de Torstenson.

– Ei, Torstenson! – gritou ele. – Acho que você perdeu o juízo. Já se esqueceu da promessa que me fez, ajoelhado a meus pés, implorando minha clemência? Dê um jeito de sumir daqui imediatamente!

Torstenson (ou melhor, o sr. Kumpf, dono da cervejaria) ficou paralisado de susto. Olhava apavorado para aquele

83

vulto escuro de olhos brancos, sem entender de onde ele tinha saído. O que aquela criatura estava querendo?

– Então, vai dar o fora ou precisa de ajuda? Antes que o sr. Kumpf pudesse responder, o fantasminha soltou um urro assustador.

– Uuuuuuuuuu – ele gritou, com toda a força. – Uuuuuuu-uuuuu!

O cavalo do sr. Kumpf se assustou e empinou. Depois deu meia-volta e disparou.

O sr. Kumpf deixou cair seu bastão e largou as rédeas. Ele já ia caindo, mas se agarrou na crina do cavalo e, com muito esforço, conseguiu manter-se em cima da sela.

– Uuuuuuuuuuuu – berrava o fantasminha. – Uuuuuuuuu-uuuuu!

Os outros cavalos, é claro, também se assustaram. Todos se atropelavam, tentando fugir. Finalmente, saíram galopando atrás do rodado do general, que atravessou na disparada a praça da prefeitura e a do mercado e foi-se embora da cidade.

A tropa do general também entrou em pânico. Soldados e oficiais largaram suas armas no chão e recuaram, espantados, diante daquele vulto em fúria.

O público também se apavorou. As mulheres berravam, as crianças choravam. Um mesmo grito se levantava:
– Fora daqui! Fora daqui!

A confusão era terrível. As pessoas invadiam as casas para se esconder ou se acotovelavam, tentando correr pelas ruas estreitas. O pânico havia tomado conta da multidão.

No meio daquele rebuliço, o fantasminha não estava nem se importando com a multidão. Sua única preocupação era expulsar os suecos da cidade.

– Uuuuuuuuuuuuuuu, impostores malditos!

O Pequeno Fantasma estava tendo um trabalhão. Ia de um canto para outro da praça, aos gritos e urros. Coitados dos suecos que não conseguiam fugir a tempo! O fantasminha os levantava pelo colarinho e os sacudia, fazendo tremer todos os seus ossos. Só sossegou quando todo o exército sueco, inclusive a banda militar, deixou a cidade.

– Vitória! – ele comemorava. – Vitória! Torstenson foi derrotado, os suecos foram embora, Eulenberg está salva! Vitória!

Ele ainda tinha tempo: faltava um pouco para chegar uma hora. Mas, apesar da alegria do triunfo, o fantasminha estava muito cansado. Não era fácil vencer um general tão famoso e todo o seu exército.

"Bem, por hoje chega", pensou ele. E o Pequeno Fantasma resolveu se deitar, embora ainda não fosse uma hora.

Como estava perto da farmácia e uma das janelas do porão estava aberta, o fantasminha simplesmente se esgueirou por ela. Escondeu-se numa cômoda vazia e, deslumbrado com seu feito, murmurou:

– Vitória!

E adormeceu.

Arrependimento

Na segunda-feira o fantasminha acordou com dor de cabeça, sentindo-se fraco e abatido.

"Ontem eu me esforcei demais e por isso estou cansado", ele pensou. "Talvez esteja precisando de um pouco de ar puro, este lugar é muito abafado."

Saiu de dentro da cômoda e lembrou-se de que estava no porão da farmácia. Olhou à sua volta e foi andando. Examinou a despensa, a lavanderia, o depósito de carvão, o depósito de frutas e o depósito de madeira. Seu passeio foi terminar na adega.

– Nossa, quantas garrafas – ele disse, impressionado. – As pessoas devem sentir muita sede nesta casa.

Na adega havia uma janelinha gradeada que dava para o jardim. A janelinha estava aberta, mas, bem no momento em que o fantasminha ia pôr a cabeça para fora, ouviu vozes no jardim e se escondeu imediatamente.

Os três filhos do farmacêutico estavam deitados à sombra, em cima de um tapete, e conversavam. Dava para ouvir bem tudo o que diziam. Como não tinha mesmo nada para fazer, o fantasminha ficou escutando a conversa.

Um dos garotos se chamava Herbert e tinha onze anos. Seus dois irmãos, os gêmeos Günther e Jutta, tinham nove anos. Herbert era o que mais falava.

– Ora, uma coisa vocês têm que reconhecer: foi muito engraçado! – ele disse. – Esse tal vulto misterioso é sensacional. Todos fugiram correndo como coelhos! Foi superdivertido!

Jutta discordou.

– Não sei onde está a graça! Você não achou pena a festa ser interrompida no meio?

– Eu achei – resmungou Günther. – A festa ia ser fantástica se aquele vulto não aparecesse... O começo foi muito interessante.

– Eu estava gostando porque tudo parecia de verdade – continuou Jutta. – O Torstenson, por exemplo! Ele não estava igualzinho ao quadro do museu do castelo? Deuerlein, o ajudante da farmácia, também estava perfeito. Se eu não o conhecesse poderia jurar que era mesmo um oficial sueco.

– Só fico imaginando quanto esforço e quanto dinheiro foi preciso para fazer 476 uniformes suecos – disse Günther, pensativo. – Como será que eles fizeram as armas e os chapéus de penacho? Os organizadores da festa devem ter trabalhado muito para fantasiar todos os participantes!

O fantasminha, com as mãos segurando as grades da janela, não acreditava no que estava ouvindo. Se havia entendido bem o que as crianças estavam dizendo (e não havia engano possível), as pessoas que ele tinha feito correr da cidade não eram suecos de verdade! E nem aquele homem era Torstenson!

Não! De fato, aquele nunca poderia ser o verdadeiro Torstenson. O general cercara a cidade e o castelo 325 anos atrás! Nenhum ser humano consegue viver tanto tempo, nem mesmo os generais.

"Que besteira eu fui fazer!", pensou o fantasminha, assustado. "Meu Deus, como eu pude ser tão estúpido? E ainda fiquei me achando um grande herói... Que belo herói! O maior herói que já se viu!"

Ele estava furioso, tinha vontade de dar uma surra em si mesmo. Quanto mais pensava no que tinha acontecido, mais se arrependia.

– Acho que já está mais do que na hora de voltar para Eulenstein – murmurou para si mesmo. – Aqui embaixo só tem barulho e agitação, todos os dias. Para mim chega, não quero nunca mais saber daqui. Mas, antes de me despedir para sempre da cidade, vou contar a essas três crianças como foi que tudo aconteceu. O que fiz ontem e tudo o mais. Assim elas poderão explicar às outras pessoas. Já que sou o responsável pelo triste fim da festa, os moradores de Eulenberg precisam pelo menos saber por que fiz aquilo. Preciso salvar minha reputação!

Uma carta para o prefeito

O fantasminha saiu pela janela sem fazer nenhum ruído e foi se esconder atrás de um arbusto. Dali ele chamou baixinho os filhos do farmacêutico, com voz amigável:

– Ei, crianças! Não se assustem comigo! Tenho uma coisa muito importante para lhes contar. Por favor, não corram nem gritem. Não vou lhes fazer mal, só quero conversar.

Herbert, Günther e Jutta olharam surpresos ao seu redor. Não sabiam quem estava falando com eles. Jutta deu um gritinho ao ver o vulto de olhos brancos sair de trás dos arbustos e vir na sua direção.

– Vejam... é o vulto misterioso!

– Infelizmente é assim que me chamam em Eulenberg – disse o fantasminha. – E também sei que, infelizmente, todas as pessoas da cidade têm medo de mim. Sou apenas um fantasminha infeliz e estou muito triste por saber que estraguei a grande festa de ontem. Mas não foi por mal, só fiz aquilo porque pensei que Torstenson e os suecos fossem de verdade.

Os filhos do farmacêutico não sabiam se gritavam e saíam correndo ou se ficavam ali para ouvir o pequeno vulto.

– Então você é... um fantasma? – disse Herbert, meio desconfiado.

– Sou, sem querer contrariá-lo.

– E por que você é preto? – quis saber Günther. – Sempre pensei que os fantasmas fossem brancos...

– Só os fantasmas noturnos – explicou o fantasminha.

– E você? – perguntou Jutta. – Que tipo de fantasma você é?

– Há duas semanas me tornei um fantasma diurno. E a luz do sol me fez escurecer. Antes, quando eu ainda era um fantasma noturno, eu era branco como uma nuvem branca... Ah, eu já ia me esquecendo de dizer que moro lá no alto, no castelo de Eulenstein.

– Mas há algum tempo você desceu e começou a assustar toda a cidade – completou Herbert.

– Tudo aconteceu por acaso, pode acreditar – disse o Pequeno Fantasma.

Ele olhou desconcertado para o filho do farmacêutico. E então contou toda sua história, detalhadamente, até chegar ao incidente do dia anterior. Disse o quanto estava arrependido e pediu desculpas pelo que tinha feito.

– Vocês nem imaginam como tudo isso me deixou triste. Eu queria muito poder explicar para a população de Eulenberg que não fiz nada por mal. Mas como?

– Escreva uma carta para o prefeito – sugeriu Günther.
– Uma carta? De jeito nenhum! – disse o fantasminha. E admitiu que não sabia ler nem escrever.
– Não tem problema – interveio Jutta. – Nós podemos escrevê-la para você!

Ela foi correndo até seu quarto buscar uma caneta e um bloco de papel de carta. O banco do jardim virou escrivaninha. Jutta se ajoelhou na frente do banco e abriu a caneta.

– Pode ditar a carta!

O fantasminha começou a ditar, enquanto Jutta escrevia:

Ilustríssimo senhor prefeito de Eulenberg!

Lamento profundamente tudo o que aconteceu ontem durante sua grande festa histórica.
Por favor, permita que lhe explique as razões do incidente.

Foi uma carta muito longa. No fim, o fantasminha pediu que Jutta a relesse. Quando terminou de ler, a menina passou tinta no polegar direito do fantasminha para ele assinar a carta:

Mas logo ele se lembrou de que tinha esquecido de dizer uma coisa.

– Dá para escrever mais uma coisa? – ele perguntou para Jutta. – Só mais duas frases...

– Claro – disse Jutta.

O fantasminha ditou para ela o final da carta. A menina escreveu no espaço que tinha sobrado embaixo da assinatura:

P.S.:

Ficaria muito agradecido se o senhor publicasse esta carta na Folha de Eulenberg. Além disso, dou-lhe minha palavra de que amanhã ao meio-dia irei embora da cidade e nunca mais voltarei.

Não se desespere

Jutta colocou a carta no envelope e escreveu o endereço da prefeitura.

– Amanhã, quando sair da cidade, você vai voltar para Eulenstein? – ela perguntou.

– Claro.

– E lá você vai ser fantasma noturno de novo? – quis saber Günther.

O fantasminha olhou com tristeza para o garoto.

– Bem que eu gostaria... Mas acho que não vai dar. Infelizmente perdi a esperança de voltar a ser um fantasminha noturno. Nunca mais poderei ver a noite.

O fantasminha começou a chorar. Grossas lágrimas corriam de seus olhos e caíam como pedras de granizo... tip, tip, tip, tip.

As crianças olhavam admiradas aquela cena.

Günther não entendeu bem o que estava acontecendo e

não disse nada. Só Jutta percebeu qual era o problema e foi consolar o fantasminha.

– Não se desespere – ela disse. – Vamos pensar num jeito de ajudá-lo.

O fantasminha balançou a cabeça.

– Não há como me ajudar – ele disse, soluçando. – Eu devia ter ouvido a coruja Uhu. Ela bem que me avisou.

De repente o Pequeno Fantasma teve uma ideia. Isso mesmo! A coruja Uhu Chuhu! Como não tinha pensado nisso antes?

– Preciso consultar a coruja Uhu! – ele disse. – Se há alguém que pode me ajudar, esse alguém é ela. Uhu não sabe tudo, mas sabe de muita coisa que ninguém nem imagina. Crianças, se vocês estão mesmo querendo me ajudar, falem com a coruja Uhu!

– Por que você mesmo não fala com ela? – quis saber Günther.

– Não dá mais! Agora eu sou um fantasma diurno e ela continua sendo uma ave noturna. Mas ela é minha amiga. Ela mora no oco do carvalho que fica atrás do castelo, é fácil encontrá-la...

Às vezes as crianças iam passear com os pais no castelo de Eulenstein. Por isso não foi difícil o fantasminha lhes explicar como chegar ao carvalho da coruja Uhu. Além do mais, os três acharam que não seria difícil dar uma escapadela de casa no meio da noite.

– Mas como vamos entrar no castelo? – perguntou Herbert. – Precisamos atravessá-lo para chegar ao carvalho. E os portões ficam fechados durante a noite.

Günther e Jutta ficaram atrapalhados, mas o fantasminha os tranquilizou.

– Vou emprestar-lhes meu molho de treze chaves – disse ele para as crianças, logo explicando os poderes daquelas chaves. – Com elas vocês não terão nenhum problema para entrar e sair do castelo.

Os filhos do farmacêutico prometeram que na noite seguinte iriam até o carvalho para conversar com a coruja Uhu. O fantasminha ficou muito contente. Agradeceu às crianças e entregou para Herbert o molho de treze chaves.

– Sigam bem minhas instruções. Mais um aviso, para evitar problemas: a coruja Uhu Chuhu faz questão de ser chamada de "senhora". Nada de chamá-la de "você". Ah, outra coisa. Por favor, não coloquem a carta para o prefeito hoje no correio.

– Como você quiser – garantiu Herbert. – Mas por quê?

– Porque eu prometi ao prefeito que deixaria a cidade amanhã – disse o fantasminha. – Mas, se alguma coisa não der certo, talvez eu precise ficar por mais algum tempo.

A coruja Uhu Chuhu dá uma pista

Entre onze horas e onze e meia da noite, os filhos do farmacêutico saíram de casa na ponta dos pés. Ninguém percebeu nada, nem seus pais, nem Deuerlein, que estava de plantão aquela noite.

Àquela hora, toda a cidade de Eulenberg já estava mergulhada num sono profundo. Para que ninguém as visse, as crianças foram caminhando por ruelas secundárias até chegarem ao portão principal da cidade. De lá, tomaram um atalho que levava ao castelo. Era uma ladeira íngreme e acidentada. Como estava escuro, elas tropeçavam o tempo todo em pedras, raízes de árvores e nos próprios pés.

– Afinal, para que eu trouxe a lanterna? – disse Günther.

Ele quis acendê-la, mas Herbert proibiu.

– Não acenda, ninguém pode nos ver aqui!

– Está bem – resmungou Günther –, só estava querendo ajudar.

Quando chegaram diante do portão do castelo, já estavam sem fôlego. Jutta tirou um saco de balinhas do bolso da calça.

– Para recuperar as forças – ela disse.

Os três estavam com o coração aos pulos. Günther imaginou que fosse por causa do esforço da subida.

– Vamos em frente? – perguntou Herbert, depois de algum tempo.

– Vamos – responderam Günther e Jutta, cheios de coragem.

O grande momento havia chegado. Herbert girou no ar uma das treze chaves do molho. O truque funcionou. O pesado portão do castelo foi se abrindo lentamente, sem fazer barulho.

– Entrem, depressa!

Assim que passaram para o outro lado, o portão se fechou atrás deles.

– Ótimo! Daqui para a frente, tenho certeza de que tudo vai dar certo.

Os outros dois portões internos também se abriram com as chaves do fantasminha. De início meio inseguras, depois mais animadas, as crianças seguiam em frente, sempre com o coração batendo forte. Um morcego passou bem perto de suas cabeças; pouco adiante, cruzaram com duas ratazanas. Os três se assustaram, mas não pararam.

Já era quase meia-noite quando chegaram ao carvalho. Por sorte, a coruja Uhu estava em casa. Günther acendeu a lanterna para iluminar o oco. Ouviram então uma voz, que lá do alto lhes dizia alguma coisa na língua uhu. Jutta e Günther não conseguiram entender nada, mas Herbert entendeu.

– É para apagar a lanterna, porque a luz está ofuscando os olhos da coruja – ele disse. Günther e Jutta ficaram espantados:

– Como é que você sabe?

– Vocês não entenderam? – perguntou Herbert. – Deve ser por causa das chaves...

Günther e Jutta seguraram o molho de chaves junto com ele e também passaram a entender a língua uhu.

– Quem são os senhores? – perguntou a coruja. – De onde estão vindo?

– Somos filhos do farmacêutico de Eulenberg – disse Herbert. – Um velho conhecido da senhora pediu para virmos até aqui e lhe mandou lembranças.

– Um velho conhecido? – resmungou a coruja. – Eu não sabia que tinha conhecidos em Eulenberg.

– É o fantasminha – disse Günther.

E Jutta acrescentou:

– Ele está muito infeliz e mandou pedir sua ajuda.

A coruja apurou os ouvidos.

– Por que não disseram logo? Esperem um momento, por favor, vou descer para podermos conversar melhor. Ssssst! Ela desceu lá do alto e veio pousar no galho mais baixo do velho carvalho.

– Contem tudo, por favor!

Herbert, Jutta e Günther contaram toda a história para a coruja. Uhu Chuhu ouviu em silêncio, prestando muita atenção. No final, eriçou as penas e se sacudiu.

– Que triste incidente! Muito triste, mesmo! – ela grasnou. – Então foi por isso que o Pequeno Fantasma nunca mais veio me visitar... E, se vocês querem saber por que ele se tornou um fantasminha diurno, só posso dizer que essa transformação está ligada ao relógio.

– Que relógio?

– Ora, o relógio da prefeitura!

A coruja Uhu explicou-lhes muito rapidamente o que o relógio da prefeitura tinha a ver com o fantasminha. Depois concluiu, com voz pausada e ar pensativo:

– Procurem saber se alguém adiantou ou atrasou o relógio

há quatorze dias. Se isso aconteceu, deem um jeito de corrigir o erro. É só isso que tenho a dizer. Levem minhas lembranças ao fantasminha, a quem desejo boa sorte.

Dizendo isso, Uhu piscou os olhos, abriu as asas e levantou voo, desaparecendo na escuridão.

Boas notícias

Assim que o relógio da prefeitura bateu meio-dia, o fantasminha saiu pela janela do porão e foi ao encontro de Herbert e seus irmãos, que já o esperavam no jardim.

– E então? – ele perguntou, ansioso. – Descobriram alguma coisa? Sim ou não?

– Pode ficar tranquilo, deu tudo certo – disse Herbert.

E Jutta completou, com os olhos brilhando:

– Acho que você vai gostar das notícias. Pelo visto vamos poder ajudá-lo.

– É mesmo? – o fantasminha até pulou de alegria. – Contem logo! Vamos, contem tudo – ele pedia, muito agitado.

Mas Herbert advertiu:

– É melhor irmos para o pavilhão, no fundo do jardim. Lá ninguém vai nos incomodar. Aliás, também quero lhe devolver o molho de chaves. Muito obrigado.

– De nada. Espero que tenha ajudado.

O pavilhão do jardim era pequeno e aconchegante. Como conspiradores, os quatro se sentaram em torno da mesinha redonda.

– Vamos lá, falem! Afinal, quero saber qual é minha situação.

Herbert e seus irmãos contaram que a coruja explicara muito por alto a ligação que havia entre a transformação do fantasminha e o relógio da prefeitura.

– No início, achamos que essa informação não ia adiantar muito – disse Günther. – Mas, depois de refletir um pouco, imaginamos que o mestre relojoeiro Zifferle talvez pudesse nos ajudar a desvendar o problema. Então fomos conversar com ele. E sabe o que descobrimos?

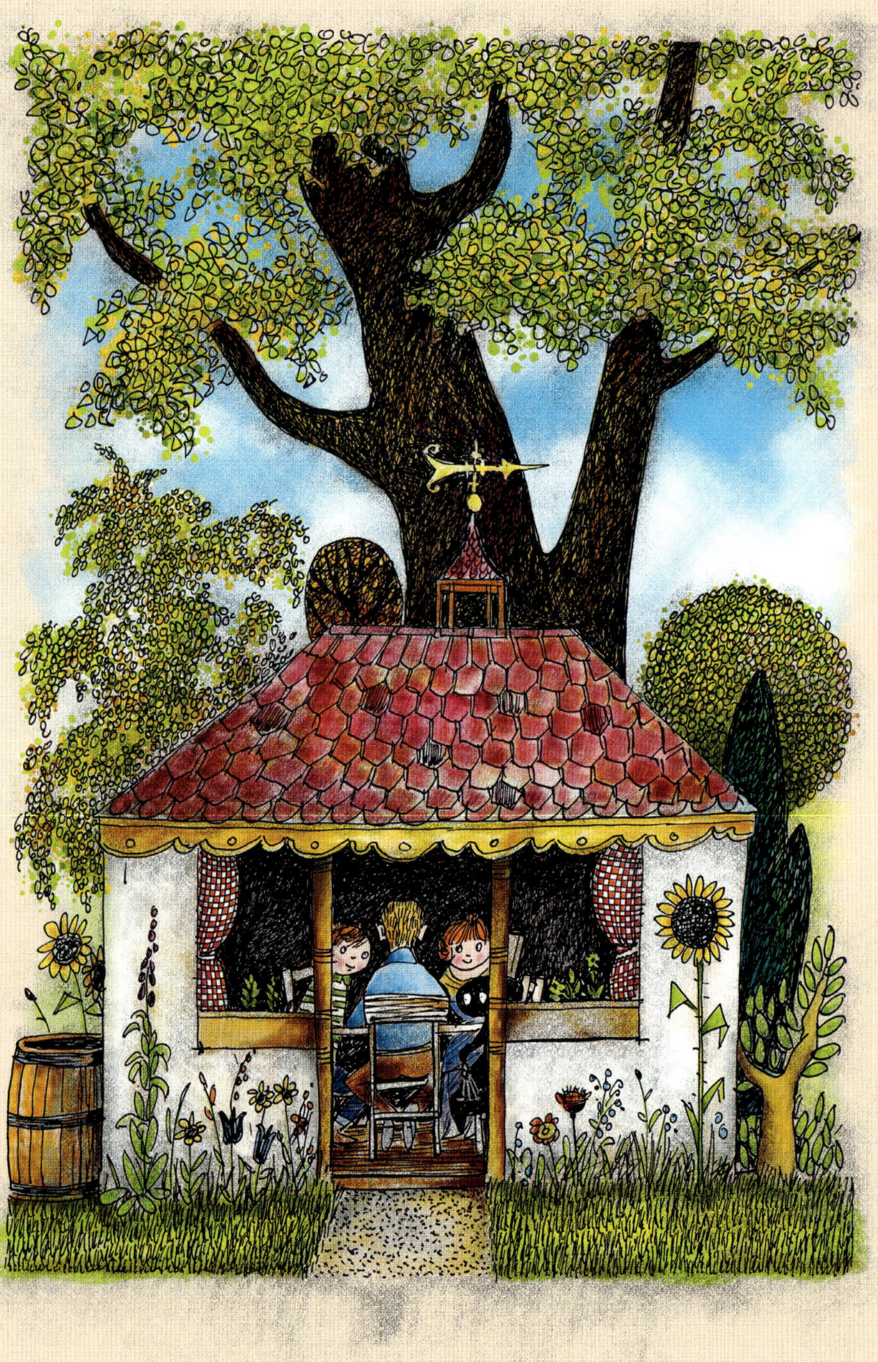

– O quê? – perguntou o fantasminha, ansioso.

– O sr. Zifferle nos contou que há dezesseis dias o prefeito mandou chamá-lo para consertar o relógio da prefeitura. Ele parou o relógio às sete da manhã e levou doze horas para consertá-lo, isto é, até as sete da noite.

– Isso quer dizer que o relógio só voltou a funcionar depois de doze horas – prosseguiu Herbert, muito sério. – Portanto, o relojoeiro não mexeu nos ponteiros. E, no mostrador, sete horas da manhã ou da noite são a mesma coisa.

– Mas só no mostrador! – completou Günther. – Na verdade, o relógio da prefeitura está doze horas atrasado. Quando é meia-noite, ele bate meio-dia; e, quando é meio-dia, ele bate meia-noite! De fato, isso não faz diferença para ninguém, exceto...

– Exceto para mim! – disse o fantasminha, que aos poucos foi percebendo o que tinha acontecido. – Como o relógio da prefeitura está atrasado, eu agora acordo ao meio-dia em vez de acordar à meia-noite!

Os irmãos concordaram, balançando a cabeça. Agora tudo estava esclarecido.

– E vocês acham que podem me ajudar?

– Achamos – disse Herbert.

– Hoje, às sete da noite – explicou Günther –, vamos subir com o sr. Zifferle na torre da prefeitura...

– E então – continuou Jutta – vamos adiantar o relógio doze horas, para ele voltar a marcar a hora certa.

– Só isso? – admirou-se o Pequeno Fantasma.

Os filhos do farmacêutico confirmaram. Era só isso. Se não desse certo, não poderiam fazer mais nada para ajudá-lo.

– Mas vai dar certo! – disse Jutta, muito confiante.

E Günther reforçou:

– É claro que vai dar certo!

– Ah, crianças – suspirou o fantasminha, revirando seus olhos brancos –, como vou ficar feliz se vocês tiverem razão...

E ele disse aos três irmãos o quanto gostaria de voltar a ver as noites no castelo, que eram a coisa mais linda do mundo. O fantasminha ficou conversando com as crianças até pouco antes da uma da tarde, quando se lembrou da carta para o prefeito.

– Hoje à noite vocês podem colocar a carta no correio – ele disse. – Amanhã a esta hora não estarei mais na cidade, mesmo que as coisas não deem certo hoje à noite.

Ele se despediu e quis voltar para o porão. Mas Jutta não deixou. A menina insistiu em que o fantasminha dormisse no pavilhão do jardim. Com os travesseiros de suas bonecas, ela lhe preparou uma cama gostosa e macia dentro de uma arca.

– Durma bem, e boa sorte quando acordar! – disse ela antes.

Então bateu uma hora e o fantasminha fechou os olhos.

Pode ir, fantasminha

Às sete horas da noite, depois de colocar no correio a carta para o prefeito, as crianças subiram na torre da prefeitura com o sr. Zifferle. Com uma enorme chave inglesa, ele girou os ponteiros do relógio até completar uma volta inteira, de doze horas.

– Pronto, crianças! – disse o relojoeiro, ao terminar o trabalho. – Espero que isso ajude.

A mulher do farmacêutico não entendeu por que aquele dia as crianças tiveram tanta pressa para terminar o jantar e ir para a cama. Acontece que a noite anterior tinha sido muito curta para Herbert e seus irmãos. Eles puseram o despertador para tocar às dez para a meia-noite e, exaustos, fecharam os olhos.

– Eu só queria saber o que deu neles – ela disse ao marido. – Será que estão doentes? Até hoje eles só foram duas vezes para a cama sem ninguém mandar. Uma vez estavam com caxumba, outra com escarlatina. Tomara que desta vez não estejam com catapora ou sarampo!

Herbert e Günther estavam dormindo tão fundo que nem ouviram o despertador. Por sorte Jutta acordou e, com muito esforço, conseguiu despertar os irmãos.

– Levantem, vocês dois! É quase meia- noite!
Da janela do quarto as crianças enxergavam o pavilhão do jardim. A noite estava muito escura. A lua se escondia atrás de nuvens espessas. Por sorte, havia um poste de luz perto da cerca, que ajudava a iluminar o jardim.

– Tomara que ele apareça – disse Günther, meio inseguro.

– Tomara mesmo – disse Herbert, tão inseguro quanto o irmão.

Só Jutta tinha certeza de que a história teria um final feliz. Estava em silêncio, muito confiante, mas ansiosa. Quando o relógio da prefeitura começou a bater, seu coração disparou. Prendendo a respiração, ela foi contando as badaladas, uma a uma.

Um, dois, três... doze. Era meia-noite!

Os irmãos nem ousavam encostar um no outro e olhavam fixamente para o jardim.

– Vejam!

A porta do pavilhão se abriu e uma sombra escura surgiu lá de dentro. Era um vulto pequenino e preto, com os olhos brancos reluzindo como duas luas enormes.

– É ele! – exultou Jutta. – É ele, sim!

O fantasminha levantou voo e deu uma paradinha na frente da janela das crianças. Na mão esquerda ele levava o molho de treze chaves e, com a direita, acenou para os três irmãos.

– Obrigado, crianças, muito obrigado mesmo! Não imaginam o quanto estou feliz! Se pudesse, eu lhes daria um tesouro. Mas a única coisa que posso fazer é lhes desejar boa sorte. Espero que algum dia vocês cheguem a sentir a mesma felicidade que estou sentindo hoje!

– Você é um amor – disse Jutta.

– Será que agora vocês me dão licença de me despedir? Não vejo a hora de voltar para Eulenstein, estou morrendo de saudade da minha casa.

– Claro – respondeu Günther.
 E Herbert atalhou:
– Ora, não se prenda! Pode ir, fantasminha.

O luar está de volta

O fantasminha sobrevoou as casas da cidade adormecida, a prefeitura, a praça do mercado, passou pelo portão e, finalmente, chegou ao castelo.

– Felicidade para vocês aí embaixo, moradores de Eulenberg! Nas últimas duas semanas vocês tiveram muitos contratempos por minha causa, mas agora estão livres de mim, e isso é o principal. Não tenho nenhuma intenção de visitá-los novamente. Daqui por diante, vou ficar sempre no lugar que é meu. Nada mais haverá de me afastar do castelo, nem mesmo minha curiosidade.

Ele deu três voltas em torno dos muros do castelo, três voltas em torno da torre e três em torno do museu. Tudo continuava exatamente como antes, mas ele tinha a impressão de ter passado uma eternidade longe dali.

– Será que devo fazer uma visita ao general? – pensou o Pequeno Fantasma. – Não, vou esperar a próxima noite de chuva. Hoje tenho uma coisa muito mais importante para fazer...

A coruja Uhu estava sentada num galho do velho

carvalho oco e nem se assustou ao ver o fantasminha pousar a seu lado.

– Com licença, sra. Uhu...

– Com prazer. Esta é a melhor visita que eu poderia receber. Durante algum tempo os dois amigos ficaram sentados ali, sem dizer nada.

– Quer dizer então que recebeu ajuda? – perguntou finalmente a coruja.

– Recebi, sim – disse o fantasminha. – A informação que a senhora deu a Jutta e seus irmãos foi valiosa. Muito obrigado!

– De nada, caro amigo – respondeu a coruja, ajeitando as penas. – Como se costuma dizer, foi puro egoísmo.

– Egoísmo...?

– Puro egoísmo! – repetiu a coruja Uhu, piscando os olhos. – Eu já estava ficando entediada sem a sua companhia. Considero a vida muito mais agradável quando temos ao nosso lado alguém que nos faça companhia. Deve ter vivido experiências interessantes em Eulenberg. Por favor, conte-as agora!

– Como quiser – disse o fantasminha.

O fantasminha estava prestes a contar suas aventuras na cidadezinha: o susto do guarda de trânsito, a correria das mulheres do mercado, suas andanças pela prefeitura e o encontro com o general Torstenson, que na verdade era outra pessoa. Então aconteceu algo surpreendente, que o impediu de começar.

De repente, por trás das nuvens escuras que cobriam o céu, surgiu a lua, grande e redonda, muito brilhante. Um raio de luar prateado bateu em cheio no fantasminha, e ele teve a melhor sensação do mundo. Sentiu-se leve e livre, mais leve e livre do que jamais se sentira antes.

Então ele se deu conta do que tinha acontecido. "Voltei à minha cor de antes!"

– Voltei a ser branco!

A coruja Uhu Chuhu riu e disse:

– Por que está tão surpreso? Isso tinha de acontecer. Fantasmas diurnos são pretos, fantasmas noturnos são brancos. Você voltou a ser um fantasma noturno.

O fantasminha estava muito feliz. Ele adorava a noite. Adorava a escuridão. E também adorava a luz do luar. Ele não cabia em si de alegria. Aliás, nem estava mais ouvindo a coruja Uhu.

Até uma hora da madrugada, o fantasminha ficou dançando e pulando de felicidade. Saltando de uma ameia para outra, ele percorria as muralhas prateadas do castelo, que brilhavam sob os raios do luar, brancos como a neve. Não podia haver coisa mais linda!

2ª edição agosto 2015 | **Fonte** Sabon Roman
Papel Couché 150g | **Impressão e acabamento** Cromosete